CESTA DO MINULOSTI

Cesta do minulosti

ALDIVAN TORRES

Canary Of Joy

CONTENTS

1- 1

1

Cesta do minulosti
        Aldivan Torres
Cesta do minulosti

Autor: Aldivan Torres
© 2019 – Aldivan Torres
Všechna práva vyhrazena

Krátká biografie: Aldivan Torres, narozený v Brazílii, je konsolidovaný spisovatel v různých žánrech. Dosud byly tituly publikovány v desítkách jazyků. Od útlého věku vždy miloval umění psaní a od druhé poloviny roku 2013 si upevnil profesionální kariéru. Doufá, že svými spisy přispěje k mezinárodní kultuře a probudí potěšení ze čtení u těch, kteří nemají zvyk. Vaším úkolem je dobýt srdce každého z vašich čtenářů. Kromě literatury se zaměřuje hlavně na hudbu, cestování, přátele, rodinu a potěšení ze života samotného. „Pro literaturu je jeho mottem vždy rovnost, bratrství, spravedlnost, důstojnost a čest lidské bytosti.“

Kde jsem?

První dojmy

"

Hotel
Večeře
Procházka po vesnici
Černý hrad
Zřícenina kaple
Objednávka
Setkání obyvatel
Rozhodující konverzace
Vidění
Začátek
Železnice
Pohyb
Příjezd do bungalovu
Setkání se starostou
Setkání zemědělců
Zpět doma
Oznámení
První pracovní den
Piknik
Sestup z hory
Zneužití majora
Hmotnost
Úvahy
Vodopád zvaný Sucavão
Trh
Případ krávy

Kde jsem?

Probudím se a uvědomím si, že jsem sám. Co se stalo Renato? Je možné, že nepřežil cestování v čase? To bylo vše, co jsem mohl v tu chvíli uzavřít. Počkejte? Kde jsem? Neznám toto místo. Neexistuje žádná země, není obloha a je to úplné vakuum. Kousek dál od místa, kde jsem, vnímám setkání lidí v průvodu, všichni oblečeni v černém. Přistupuji k nim, abych zjistil, o co jde. Nemám ráda sama na neznámých místech. Když jsem se přiblížil, uvědomil jsem si, že to není zrovna průvod, ale pohřeb. Rakev stojí v samém středu, který udržují tři lidé. Jdu nahoru k jednomu z lidí, kteří se účastní.

"Co se děje? Čí je to pohřeb?

"Co je pohřbeno, je víra a naděje těchto lidí.

"Co? Jak?

Aniž bych tomu rozuměl, odešel jsem z pohřbu. Co ti blázni dělali? Pokud jsem věděl, pohřbil jsi mrtvé a ne city. Víra a naděje by nikdy neměly být pohřbeny, i když je to zoufalá situace. Pohřeb zmizí na obzoru. Objeví se slunce a na vrcholu planiny je vidět intenzivní světlo. Světlo proniká a pohlcuje celou mou bytost. Zapomínám na všechny potíže, trápení a utrpení. Je to vize Stvořitele a já se v jeho přítomnosti cítím naprosto uvolněný a sebevědomý. V rovině pod ním přepadl stín a spolu s ním i zločinci. Vidina temnoty mě obtěžuje. Dvě oddělené pláně představují „nepřátelské síly", kterým čelí nepřetržitě ve vesmíru. Jsem na straně dobra a budu tvrdě pracovat, abych zajistil, že vždy zvítězí. Dvě pláně mizí z mého vidění a nyní se mnou zůstává jen prázdný prostor. Objeví se země, modrá obloha září a v okamžiku se probudím, jako by všechno nebylo nic jiného než sen.

První dojmy

Skutečné probuzení mě nechává v dobré náladě. Zdá se, že cesta v čase byla úspěšná. U mě, stále spícího, se mi zdá, že Renato vypadá, jako by si cestu opravdu užíval. Kde jsem? Za pár okamžiků to zjistím. Pečlivě uvažuji o tom místě a vypadá to povědomě. Hory, vegetace, topografie, všechno je stejné. Počkejte. Něco je jiného. Zdá se, že vesnice již není stejná.

Domy, které nyní existují, se rozprostírají z jedné strany na druhou, pokud by se spojily v řadě, netvořily více než jednu ulici. Chápu, co se stalo: Cestovali jsme v čase, ale ne ve vesmíru. Musím sestoupit z hory, abych to všechno pozoroval. Přistupuji k Renato a začnu s ním třást. Nemůžeme ztrácet čas zpožděním, protože máme přesně třicet dní na pomoc někomu, koho jsem ještě ani nepotkal. Renato se protáhne a zdráhavě se mnou začne sestupovat z hory. Nemyslím si, že se ještě dostal do bitvy cestování časem. Je to ještě dítě a potřebuje mou péči.

Značnou část trasy jsme sestoupili a Mimoso se přibližuje stále více. Již vidíme děti, které si hrají na ulici, pračky s pytli na nedaleké přehradě, mladí lidé se stýkají na malém místním náměstí. Co na nás čeká Zajímalo by mě, kdo potřebuje pomoc. Všechny tyto odpovědi budou získány v průběhu knihy. Na obloze Mimoso něco vyniká: Temné mraky vyplňují celé prostředí. Co to znamená? Budu se o tom muset dozvědět. Naše kroky se zrychlují a my jsme asi sto metrů od vesnice. Na severu se tyčí, stylový a krásný domov. Musí sloužit jako rezidence někomu důležitému. Na západě mezi domy vyniká černý hrad. Je to děsivé už jen zdánlivě. Konečně dorazíme. Jsme v centrální oblasti, kde se nachází většina domů. Potřebuji najít hotel k odpočinku, protože cesta byla dlouhá a únavná. Moje tašky těžce váží mé paže. Mluvím s jedním z obyvatel, který mi říká, kde najdu. Je to trochu dále na jih od místa, kde jsme byli. Odcházíme tam.

Hotel

Cesta od místa, kde jsme byli, až do doby, kdy byl hotel proveden pokojně. Lidé, se kterými jsme se setkali, nás sledovali jen málo. Mezi těmito lidmi vynikly některé postavy: žena s kloboukem ve stylu Carmen Miranda, chlapec s bičovými znaky na zádech a smutná dívka v doprovodu tří silných mužů, kteří vypadali jako její osobní strážci. Všichni se chovali podivně, jako by tato vesnice nebyla obyčejná komunita. Jsme před hotelem. Zvenku to lze popsat takto: Jednopatrová, cihlová rezidence s plochou přibližně 1600 čtverečních stop s domácí obrácenou střechou ve tvaru písmene V. Okno a přední dveře jsou dřevěné a jsou zakryty efektními závěsy. K dispozici je malá zahrada, kde rostou květiny různých druhů. Toto byl jediný hotel v Mimoso, takže jsme byli informováni. Vedle, jen pár metrů odtud, byla benzínová pumpa. Snažil jsem se najít zvon, ale nemohl jsem. Vzpomněl jsem si, že jsme byli pravděpodobně ve starověku, a navíc jsme byli na venkově, kam civilizační pokrok ještě nedorazil. Řešením bylo použít starou metodu křičení, která probouzí i hluché.

"Ahoj! Je tam někdo?

Netrvalo dlouho a dveře skřípěly, a tak se vynořila postava asi šedesátileté honosné ženy se světlými očima a rudými vlasy. Byla hubená, měla zrudlé tváře a analýzou její tváře je jen trochu rozrušená.

„Co je to za hluk v mém podniku? Nemáte žádné způsoby?

"Je mi líto, ale byl to jediný způsob, jak jsem mohl upoutat vaši pozornost. Jste vlastníkem hotelu? Budeme potřebovat ubytování po dobu třiceti dnů. Velkoryse vám zaplatím.

" Jsem majitelem tohoto hotelu více než třicet let. Jmenuji se Carmen. Mám k dispozici pouze jeden pokoj. Máš zájem? Hotel není luxusní, ale nabízí dobré jídlo, přátele, pravidelné ubytování a určité rodinné prostředí.

„Ano, přijmeme. Jsme opravdu unavení, protože jsme měli dlouhou cestu. Vzdálenost odtud do hlavního města je přibližně sto čtyřicet mil.

"No, pokoj je váš. Smluvní základy zjistíme později. Vítejte. Pojďte dál a odpočiňte si. Udělejte se jako doma.

Projdeme zahradou, která umožňuje přístup k vchodu. Dobrý odpočinek a dobré jídlo by opravdu mohly změnit naši sílu. Tato dáma, která nám odpověděla a kterou jsme nyní sledovali, byla opravdu velmi milá. Pobyt v hotelu by nebyl tak jednotvárný. Když měla trochu času, mohli jsme si povídat a lépe se poznat. Kromě toho jsem musel zjistit, komu budu muset pomoci a jaké výzvy jsem musel překonat, abych znovu spojil „nepřátelské síly". To představovalo další krok v mé evoluci jasnovidce.

Dveře otevírá Carmen a vstupujeme do malé místnosti s nábytkem charakteristicky zapadajícím do aktuální doby a zdobeným renesančními malbami. Atmosféra je opravdu velmi známá. Na pravé straně sedí na lavičce tři lidé. Mladý muž, přibližně dvacet let, štíhlý, černé oči a vlasy a velmi dobře vypadající; Muž asi čtyřicet let, s dobrou postavou, černými vlasy a hnědýma očima, mladistvou povahou a poutavým úsměvem; a starší muž, tmavé pleti, kudrnatých vlasů, s vážným přístupem a výrazem ve tváři. Carmen nám ukázala, aby nás představila:

"Toto je můj manžel Gumercindo (ukazuje na staršího muže) a to jsou moji další hosté: Rivanio (čtyřicetiletý), známý jako Vaninho, obsluhující nádraží a Gomes (mladý muž), je zaměstnancem zemědělského obchodu.

"Jmenuji se Aldivan a toto je můj synovec, Renato.

Díky provedeným prezentacím nás Carmen vede do našeho pokoje. Je prostorný, lehký a vzdušný. Jsou v něm dvě postele, což mě uvolňuje. Odložili jsme tašky, ubytovali se a v tu chvíli nás Carmen opustila. Trochu si odpočineme a později si dáme večeři.

Večeře

Po dobrém spánku jsem se probudil s obnovenými silami. Jsem v hotelovém pokoji spolu s Renato. Moje vědomí mě tíží, když si uvědomím, že jsem lhal. Nejsem z Recife, ani Renato není můj synovec. Bylo to však nejlepší. Stále ještě neznám lidi, kterým jsem se představil. Je lepší zůstat v defenzivě, protože důvěra je něco, co si vyděláte. Při druhé myšlence, kdybych řekl pravdu, označili by mě za blázna. Pravdou je, že jsem šel na horu hledat své sny; Předvedl jsem tři výzvy a vstoupil do obávané jeskyně zoufalství. Vyhýbáním se pastím a scénářům jsem se stal Věštec a udělal jsem výlet časem při hledání neznáma. Nyní jsem tam hledal odpovědi. Vstávám z postele, budím Renata a společně míříme do jídelny. Měli jsme hlad, protože jsme nejedli asi šest hodin.

Vešli jsme do jídelny, pozdravili jsme se a posadili jsme se. Sloužená hostina je pestrá a typicky severovýchodní: K dispozici je kukuřičná kaše s mlékem nebo kukuřičná moučka s kuřecím masem. Jako dezert je připraven maniokový dort. Zahájí se konverzace a všichni se jí zúčastní.

“No, pane Aldivan, čím se živíte a co vás přivádí na toto malé místo? Zpochybnila Carmen.

“Jsem reportér a novinář kromě učitele matematiky. Poslali mě noviny hlavního města, abych našel dobrý příběh. Je pravda, že toto místo skrývá hluboká tajemství?

“Hádám. Je však zakázáno o tom mluvit. Pokud jste to nevěděli, žijeme podle zákonů a řádu císařovny Clemilda. Je to mocná čarodějka, která používá temné síly k potrestání těch, kteří neposlouchají. Zůstaňte ve střehu: Slyší všechno.

Na vteřinu jsem se málem dusil jídlem. Teď jsem pochopil význam temných mraků. Rovnováha „nepřátelských sil“ byla narušena. Tato zlá žena blokovala sluneční paprsky, její čisté světlo. Tato situace nemohla zůstat tak dlouho, jinak by Mimoso mohlo zahynout spolu se svými obyvateli.

„Je pravda, že novináři hodně lžou? Ptá se Rivanio.

"To se nestane, alespoň v mém případě. Snažím se být věrný svému přesvědčení a novinkám. Skutečný novinář je ten, kdo je vážný, etický a vášnivý ve své profesi.

"Jste ženatý? Jaké jsou vaše životní cíle? Zeptá se Carmen.

"Ne. Jednou mi někdo řekl, že Bůh ke mně někoho pošle. V současné době se soustředím na studium a na své sny. Láska jednou přijde, pokud je to můj osud.

"Pan. Gumercindo, řekni mi něco o Mimoso.

„Je to, jako řekla moje žena, pane, máme zakázáno mluvit o tragédii, která se tu stala před několika lety. Od chvíle, kdy začala vládnout Clemilda, naše životy nebyly stejné.

Emoce přemohly každého, kdo byl v místnosti. Slzy naléhavě tekly po tváři Gumercindo. To byla tvář chudého muže, který byl unavený z kruté diktatury této kouzelnice. Život pro tyto lidi ztratil smysl. Zbývalo jim jen to, aby zemřeli s velmi malou nadějí, že jim někdo pomůže.

"Klid, všichni. Není to konec světa. Tento stav bytí nemůže trvat příliš dlouho. Nepřátelské síly světa by měly zůstat v rovnováze. Neboj se. Pomůžu ti.

"Jak? Čarodějnice má moc nad lidmi. Její rány zničily mnoho životů. (Gomes)

"Síly dobra jsou také mocné. Jsou zde schopni obnovit mír a harmonii. Věř mi.

Zdá se, že moje slova nemají požadovaný účinek. Konverzace se mění a já se na ni nemohu soustředit. Co si tito lidé mysleli? Bohu na nich opravdu záleželo. Jinak bych nešel na horu, nečelil výzvám, překonal jeskyni a setkal se s opatrovníkem. To vše bylo znamením, že se věci mohou změnit. Nevěděli to však. Bylo zapotřebí trpělivosti, aby je přesvědčil, aby mi řekli pravdu nebo mi alespoň ukázali cestu. Dokončuji večeři spolu s Renato. Vstávám od stolu, omlouvám se a jdu spát. Další den bude v mých plánech zásadní.

Procházka po vesnici

Objeví se nový den. Slunce vychází, ptáci zpívají a svěžest rána obklopuje celý hotelový pokoj, ve kterém se nacházíme. Probouzím se hrozně. Renato je už vzhůru. Natáhnu se, vyčistím zuby a osprchuji se. To, co jsem slyšel noc předtím, mě trochu znepokojuje. Jak mohl Mimoso ovládnout zlá čarodějnice? Za jakých okolností? Záhada byla pro mě příliš hluboká. Křesťanství bylo v Americe zavedeno v šestnáctém století a od té doby se stalo nejvyšším a ovládlo celý kontinent. Proč tedy právě tam, uprostřed ničeho, dominovalo zlo? Musel jsem zjistit příčiny a důvody.

Opouštím pokoj a mířím do kuchyně na snídani. Stůl je prostřený a vidím několik dobrot: maniok, tapioka a brambor. Začnu sloužit sám sobě, protože se cítím jako doma. Ostatní hosté přijedou a jednají podobně. Nikdo se nedotkne tématu předešlé noci a nikdo se neodvažuje. Carmen přistoupí a nabídne mi šálek čaje. Přijímám. Čaje jsou dobré pro zmírnění bolesti srdce a zvýšení ducha člověka. Dělám s ní rozhovor.

"Mohl bys dostat někoho, kdo by mě vedl, když jsem v Mimoso? Chtěl bych udělat několik rozhovorů.

„To není nutné, má drahá. Mimoso není nic jiného než vesnice.

"Bojím se, že jsi mě nepochopil. Chci někoho, kdo je důvěrný k lidem, někoho, komu mohu věřit.

"No, nemůžu, protože mám mnoho povinností. Všichni moji hosté pracují. Mám nápad: Hledejte Felipe, syna majitele Skladu. Má volný čas.

"Díky za spropitné. Vím, kde se sklad nachází v centru města. Zavolám Renato a půjdeme spolu.

"Báječné. Přeji Vám hodně štěstí.

Volám po Renato, který je stále v hotelovém pokoji. Doufám, že bude mít snídani, abychom mohli odejít. Budu schopen získat přesné informace o případu Mimoso? Toužil jsem to vědět. Renato dokončí snídani, rozloučíme se s Carmen a nakonec odejdeme. Náměstí sousedící s hotelem je plné mladých lidí a dětí. Malé děti stojí a povídají si navzájem a děti si hrají. Pozoruji veškeré vzrušení, když míjím. Zabočím za roh směrem do centra a rychle dorazím do skladu. Ošetřovatel je asi padesátiletý muž. Dávám signál, aby muž přišel.

"Jak vám mohu pomoci?

"Hledám Felipe. Kde je, prosím?

"Felipe je můj syn. Chvíli mu zavolám. Je v depu.

Muž odejde a krátce po návratu doprovází mladou zrzku, a zatímco hubený je postaven jako muž starý asi sedmnáct let.

"Jsem Felipe. Co jsi potřeboval?

"Carmen ti mě doporučila. Potřebuji, abys mě doprovázel na několika pohovorech. Jmenuji se Aldivan, rád vás poznávám.

"Jistě, potěšení, doprovodím vás. Mám trochu volného času. Můžeme začít s lékárnou, která je hned vedle. Majitel je znalcem místa, protože je tu od založení.

"Skvělý. Pojďme.

V doprovodu Renata a Felipe jdu do lékárny, kde provedu svůj první pohovor. Skutečnost, že nejsem skutečný novinář, mě trochu znervózňuje a znepokojuje. Doufám, že se mi povede dobře. Nakonec jsem šel na horu, provedl jsem tři výzvy a složil jsem zkoušku jeskyně. Jednoduchý rozhovor mě neroztrhá. Po příjczdu do lékárny jsme okamžitě připraveni. Jsme představeni majiteli. Žádám o rozhovor a on souhlasí. Odcházíme do vhodnějšího místa, kde můžeme být sami a mluvit. Rozhovor zahajuji ostýchavě.

"Je pravda, že jste jedním z nejstarších obyvatel, jedním ze zakladatelů tohoto místa?

" A neříkejte mi, pane. Jmenuji se Fabio. Mimoso opravdu začalo vynikat od zavedení implantátu železničního oddělení. Pokrok a moderní technologie dorazily v roce 1909 s vlaky

Great Western. Britští inženýři Calander, Tolester a Thompson navrhli koleje, postavili staniční budovy a Mimoso začalo růst. Byl realizován obchod a Mimoso se stalo jedním z největších skladů v regionu, hned za Carabais. Mimoso je předurčeno k růstu, a proto jsem tady.

"Byl tu život vždy hladký nebo zažil tragické události?

" Alespoň do jednoho roku. Od té doby to nebylo stejné. Lidé jsou smutní a ztratili veškerou naději. Žijeme pod diktaturou. Daňové zatížení je příliš vysoké, nemáme svobodu projevu a musíme své hlasy předat skrytým silám. Náboženství se pro nás stalo synonymem útlaku. Naši Bohové jsou krutí Bohové, kteří chtějí krev a pomstu. Ztratili jsme skutečný kontakt s Bohem Otcem, Jediným.

"Povězte mi o tom, co se stalo před rokem.

"Nechci a nemohu o tragédii ani mluvit. Je to velmi bolestivé.

"Prosím, potřebuji tyto informace.

"Ne. Moje rodina by trpěla, kdybych vám to řekl. Duchové slyší všechno a řeknou to Clemilda. Nemohl jsem tolik riskovat.

Trvám na tom, znovu a znovu, ale on je neoblomný. Strach z něj udělal zbabělce a malicherného. Odešel z místa bez dalšího vysvětlení. Jsem sám, neklidný a plný otázek. Proč se tolik bojí této čarodějky? O jaké tragédii mluvil? Potřeboval jsem tuto informaci, abych věděl, na jaké zemi stojím. Byl jsem Věštec, nadaný na dárky, ale to mi neusnadňovalo. Pokud by tato Clemilda vládla temným silám, byla by impozantním protivníkem. Černá magie dokáže zachytit jakoukoli lidskou bytost, dokonce i ty nejpřírodnější. Střet „protichůdných sil" mohl zničit vesmír, a to bylo podle mě nejdál. Právě teď byla nutná opatrnost. Bylo mi jasné, že rovnováha „protichůdných sil" byla narušena a mým posláním bylo to znovu sjednotit. Ale k tomu bylo nutné znát celý příběh.

Odcházím s tou myšlenkou. Našel jsem Renata a Felipe a odjíždíme na nové rozhovory. Doufám, že uspěju.

Po rozhovorech jsem naprosto frustrovaný. Nezískal jsem všechny informace, které jsem potřeboval. Co jsem to byl za novináře? Myslím, že jsem měl absolvovat kurz žurnalistiky. Všechny osoby, s kým jsem mluvil, pekař a kovář, opakovali, co jsem už věděl. Renato a Felipe se mě snaží utěšit, ale nemohu si odpustit. Nyní jsem byl ztracen, na konci světa, kam civilizace ještě nedorazila. Jediná informace, kterou jsem věděl, byla, že Mimoso vládla zlá čarodějnice. Z křiku, který jsem slyšel v jeskyni zoufalství, se mi stále točila hlava. Kdo to byl, kdo tolik potřeboval moji pomoc? Soustředil jsem se na tento výkřik a s pomocí svých schopností jsem do Mimoso dorazil cestou v čase. Cíle této cesty mi ještě nebyly jasné. Opatrovník hovořil o znovusjednocení „nepřátelských sil", ale neměl jsem tušení, jak to udělat. Věděl jsem však, že jsem stále neměl plnou kontrolu nad svými „nepřátelskými silami" a to mě ještě více zneklidňovalo. Nyní nebyl čas být smutný. Stále jsem měl dvacet osm dní na vyřešení tohoto problému. Nejlepší teď bylo vrátit se do hotelu a sbírat síly, jak bych potřeboval. Renato a Felipe byli se mnou a cestou jsme se lépe poznali. Jsou to opravdu dobří lidé. Necítím se tak sám na tomto místě, které je ovládáno silami níže a je plné záhad.

Černý hrad

Jsme třetí den po cestování. Předchozí den nezanechal dobré vzpomínky. Po rozhovorech jsem se rozhodl strávit zbytek dne v hotelu, abych se ocitl. To byl můj výchozí bod: Najít sebe, abych vyřešil důležité problémy. Renato mi dosud vůbec nepomohl. Myslím, že se opatrovník mýlil, že ho poslal se mnou. Koneckonců byl jen dítě a jako takový neměl mnoho povinností. Moje situace byla úplně jiná. Byl jsem mladý muž ve věku dvaceti šesti let, administrativní asistent, s diplomem z matematiky a mnoha cíli. Neměl jsem čas myslet na lásku nebo na sebe, protože jsem byl na misi, i když jsem přesně nevěděl, co to je. Jedinou jistotu, kterou jsem měl, bylo, že jsem šel na horu, uvědomil jsem si výzvy, našel jsem mladou dívku, ducha, dítě a opatrovníka a prošel jsem testy v jeskyni. Stal jsem se Věštec, ale to nebylo vše. Musel jsem neustále překonávat životní výzvy. Svítí nový den a s ním i nové naděje. Vstávám, sprchuji se, snídám, čistím si zuby a loučím se s Carmen. Předchozí den ve mně probudil novou myšlenku: Znát důvěrně svého nepřítele a ukrást mu informace. Bylo to jediné východisko.

Vyjdu na ulici a vidím hřiště a všechny, kteří sedí na lavičkách. Chovají se normálně, jako by byli v normální komunitě. Přizpůsobili se. Lidské bytosti si zvykají na cokoli, dokonce i v době zkázy. Stále chodím. Zahnu za roh, setkám se s několika lidmi a zůstanu pevně odhodlaný. Výzvy jeskyně mi pomohly ztratit strach z jakýchkoli okolností. Našel jsem tři dveře představující strach, selhání a štěstí. Vybral jsem si štěstí a zbytek jsem zlikvidoval. Byl jsem připraven na nové výzvy. Zahnu další roh a přijdu na západní stranu vesnice. Objeví se velký hrad. Je to impozantní budova složená ze dvou hlavních věží a vedlejší věže. Rezidence je černě malované zdivo. Špatný vkus, typický pro darebáka. Mé srdce a mé kroky to také dělají. Budoucnost Mimoso závisela na mém postoji. V sázce byly nevinné životy a nedovolil bych další nespravedlnosti. Tleskám rukama v naději, že upoutám pozornost někoho v domě. Z domu vychází robustní chlapec, vysoké a tmavé pleti.

„Co jsi potřeboval?

"Jsem tady, abych viděl Clemilda.

"Je nyní zaneprázdněna. Přijďte jindy.

"Počkej chvíli. To je důležité. Jsem reportérem pro „Denní tisk" a přišel jsem o ní udělat zvláštní zprávu. Jen mi dej pět minut.

„Reportéři? Myslím, že se jí to bude líbit. Oznámím váš příjezd.

"Není třeba. Dovolte mi, abych šel s vámi.

Muž signalizuje „ano" a já zahájím četné kroky, které umožňují přístup k předním dveřím. Mým tělem proběhla zimnice a naléhavé hlasy mě varují, abych nešel dovnitř. Kolem prochází kočka a bliká divokými drápy. V duchu se modlím, aby mi Bůh dal sílu vydržet jakoukoli situaci. Chlapec mě doprovází a my jdeme dovnitř. Dveře umožňují přístup do velkého zdobeného foyeru plného barev a života. Na pravé straně je přístup do více než tří dalších komor. Ve středu jsou obrazy svatých s rohy, lebkami a jinými hříšnými předměty. Na levé straně jsou podivné obrazy. Scénář je děsivý a nemohu ho úplně popsat. Na místě dominují negativní síly a mně se mi točí hlava, protože to je střet „nepřátelských sil". Muž se zastaví před jedním z oddílů a zaklepe. Dveře se otevřou, stoupá kouř a objeví se tlustá černoška se silnými rysy, stará asi čtyřicet let.

"Čemu vděčím za tu čest, že mě věštec osobně přijde navštívit?

Signalizuje, aby muž zmizel. Jsem naprosto zmaten jejím přístupem. Jak mě poznala? Je možné, že věděla o hoře a jeskyni? Jaké zvláštní schopnosti měla ta žena? Ten a mnoho dalších otázek mi v tu chvíli prošlo myslí.

"Vidím, že mě znáš. Pak byste měli vědět, proč jsem sem přišel. Chci vědět o tragédii a o tom, jak jsi vládl nad takovým klidným místem.

"Tragédie? Jaká tragédie? Tady se nic nestalo. Místo jsem jen trochu upravil, aby bylo příjemnější. Lidé se svým falešným štěstím ... lezli mi na nervy a rozhodl jsem se to změnit. Mimoso se stalo mým majetkem a ani vy s tím nemůžete nic dělat. Tvé psychické síly nejsou ve srovnání s těmi ničím.

"Každý darebák je samolibý a pyšný. Oba víme, že tato situace nemůže trvat dlouho. „Protichůdné síly" musí zůstat v rovnováze v celém vesmíru. Dobro a zlo se nemohou postavit proti sobě, protože jinak hrozí, že vesmír zmizí.

„Nezajímá mě vesmír nebo jeho obyvatele! Nejsou nic jiného než hmyz. Mimoso je moje doména a musíte to respektovat. Pokud se postavíš proti mně, budeš trpět. Musím jen zmínit jedno slovo majorovi a nechám vás zatknout.

„Vyhrožujete mi? Nebojím se hrozeb. Jsem Věštec, který šel na horu, dokončil tři výzvy a porazil jeskyni.

"Odejděte odsud, než vás uvařím ve svém kotli. Je mi z tvé ctnosti špatně. To mě znechucuje.

„Půjdu, ale setkáme se znovu. Nakonec vždy převládne dobro.

Velmi rychle ji opouštím a kráčím ke dveřím. Když odcházím, stále slyším její vtipy. Je opravdu docela naštvaná. Moje otázky zůstávají nezodpovězeny a já zůstávám bez cíle a bez známek. Setkání s Clemilda nesplnilo můj cíl.

Zřícenina kaple

Když jsem opouštěl černý hrad, rozhodl jsem se jít jinou cestou. Chci vidět další město a jeho obyvatele. Když kráčím směrem na východ, nějaké najdu a snažím se konverzovat. Nicméně se mi vyhýbají. Jejich nedůvěra je o to větší, že jsem neznámý, mladý reportér. Neznají mé skutečné úmysly. Chci zachránit Mimoso, najít osobu, kterou hledám, a znovu sjednotit „nepřátelské síly", jak mě strážce požádal. Ale k tomu bylo nutné si trochu vypůjčit z historie místa a znát přesně všechny mé nepřátele. Musel bych to všechno zjistit co nejdříve, protože jsem měl termín, abych se setkal. Výstup na horu, výzvy, jeskyně, to vše bylo nezbytné poznání, abych věděl, jaký je život a jak ho lidé žijí. Bylo na čase to uvést do praxe. Otočím se za roh a několik stop před sebou narazím na hromadu sutin. Myslím na nedostatek organizace místa a jeho obyvatel. Odpadky volně se vznášející ve společnosti, schopné přenášet nemoci a sloužit jako školka pro zvířata a hmyz; to bylo pro člověka škodlivé. Přiblížím se, abych se lépe podíval na kalamitu místa. Počkejte. V tomhle odpadu je něco jiného. Vidím obrovský dřevěný krucifix, jako by byl z kaple. Pohybuji odpadky lépe a vidím jasně: Je to krucifix. Když se ho dotknu, proběhne celým mým tělem vlna horka a začnu mít vize. Vidím krev, utrpení a bolest. Na chvíli se ocitám na tom místě a účastním se událostí minulosti. Sundám ruku z krucifixu. Ještě nejsem připravený. Potřebuji nějaký čas, abych vstřebal vše, co jsem cítil, za méně než tři sekundy. Kříž nějak zesiluje mé síly a já začínám cítit působení síly, která je proti mně.

Objednávka

Moje návštěva obávané temné čarodějky jménem Clemilda ji nenechala šťastnou. Nikdy jí nebylo odporováno. Její doména nad komunitou Mimoso byla zcela neomezená. Nepočítala však se silou dobrého poslání mě na cestu zpět v čase na místo. Ihned po mém odchodu z hradu se znovu sešla se svými lokaji, Totonho a Cleide, a poradili se s okultními silami. Vešli do levého oddělení v hale a jako oběť si vzali malé prase. Čarodějnice vzala knihu a začala recitovat satanské modlitby v jiném jazyce a ona a její kumpáni začali obětovat ubohé zvíře. Cesta naplnila stopu krve a negativní síly se začaly soustředit. Přirozené osvětlení oblasti bylo ztlumené a čarodějka začala šíleně křičet. Za krátkou dobu se kabiny zmocnila tma a zrcadlem se otevřely komunikační dveře mezi dvěma světy. Clemilda vystupovala s úctou ke svému Pánu a začala se o něm zmiňovat. Byla jediná v té sloučenině, která měla tuto schopnost. Hříšná věštkyně a její receptor byli po nějakou dobu v plném společenství. Ostatní celou situaci jen sledovali. Po setkání se temnota rozplynula a místo se vrátilo do původního stavu. Clemilda se vzpamatovala z dopadu rozhovoru, zavolala své pomocníky a řekla jim:

"Rozšiřte po celé komunitě následující pořadí: Kdokoli, muž nebo žena, poskytne jakékoli informace muži jménem Věštec, bude přísně potrestán. Jeho smrt bude tragická a bude znamenat jejich přechod do říše temnoty. Toto je řád královny Clemilda pro všechny Mimoso.

Spěšně Clemilda lokajové šli splnit rozkaz oznamovat zprávy obyvatelům vesnice, sousedním místům a zemědělské půdě.

Setkání obyvatel

S příkazem vydaným Clemilda byli obyvatelé k této záležitosti ještě zdrženlivější. Fabio, majitel lékárny a prezident sdružení vlastníků domů, svolal naléhavé setkání s hlavními vůdci místa. Schůze byla naplánována na 10:00 v budově sdružení v centru města. Uvažovali o mém případě.

V určený čas byla hlavní hala budovy zcela zaplněna. Přítomni byli mimo jiné major Quintino, delegát Pompeu, Osmar (zemědělec), Sheco (majitel skladu) a Otavio (majitel zemědělského obchodu). Zasedání zahájil prezident Fabio:

"No, přátelé, jak všichni víte, Clemilda včera odpoledne vydala rozkaz. Nikdo by neměl předávat žádné informace subjektu zvanému „Věštec", který pobývá v hotelu. Vidím, že tento jedinec je velmi nebezpečný a musí být zadržen.

Dokonce se pokusil ode mne získat nějaké informace, ale neuspěl. Chtěl vědět o tragédii.

"Vidoucí? O té osobě jsem neslyšel. Odkud je? Kdo to je? Co chce s naší malou vesnicí? (Zeptal se major)

„Snadné, majore. To stále nevíme. Jediná informace, kterou máme, je, že je tajemný outsider. Musíme se rozhodnout, co s ním budeme dělat. (Fabio)

"Počkejte, chlapi. Podle toho, co vím, není zločincem. Můj syn Felipe ho doprovázel na procházce do města a řekl mi, že je to dobrý, čestný člověk. (Sheco)

"Vzhled může klamat, synu. Pokud na nás Clemilda stanovila tento řád, stal se pro nás tento muž nebezpečím. Budeme ho muset co nejdříve vykázat. (Otavio)

"Pokud potřebujete moje služby, jsem k dispozici. (Pompeu, delegát)

V sestavě dochází k malému rušení. Někteří začínají protestovat. Pompeu vstává, konzultuje s majorem a říká:

"Zatkněte toho muže. Ve vězení se ho zeptáme na všechny nezbytné otázky.

Skupina se rozebírá s rozkazem mě zatknout. Je možné, že jsem byl zločinec?

Rozhodující konverzace

Opouštím ruiny kaple a vydávám se směrem k hotelu. Můj šestý smysl mi říká, že jsem v nebezpečí. Ve skutečnosti, protože jsem v Mimoso, mě vždy varovalo, kam jdu. Vesnice ovládaná temnými silami nebyla dobrou volbou dovolené. Musel bych však splnit slib, který dal strážci hory: znovu sjednotit „nepřátelské síly" a pomoci majiteli toho křiku, který jsem slyšel v jeskyni zoufalství. Nikdy jsem nemohl opustit tuto misi. Moje kroky se zrychlují a brzy dorazím do hotelu. Otevřu dveře, jdu do kuchyně a najdu Carmen, svou poslední naději. Cítil jsem dost odvahy a spoléhal na laskavost, aby mi pomohl.

"Slečna. Carmen, musím s tebou mluvit madam.

„Řekni mi, Aldivan, co chceš?

"Chci vědět vše o tragédii a historii Mimoso.

„Můj synu, nemohu. Nevíš nejnovější? Clemilda vyhrožovala, že zabije všechny ty, kteří vám poskytnou informace.

„Já vím. Je to had. Pokud mi však nepomůžeš, Mimoso se ještě více potopí a riskuje, že zmizí.

"Tomu nevěřím. Zkažený nikdy nezahyne. To je poučení, které jsem se naučil od chvíle, kdy začala vládnout.

Na několik okamžiků vládlo ticho a já jsem si uvědomil, že kdybych neřekl pravdu, neměl bych žádné odpovědi. Moji únosci se připravovali na útok.

"Carmen, pozorně poslouchej, co řeknu. Nejsem ani novinář, ani reportér. Vlastně jsem cestovatel v čase, jehož posláním je obnovit rovnováhu, kterou Mimoso tak velmi potřebuje. Než jsem sem přišel, šel jsem na horu Ororubá; Provedl jsem tři výzvy, našel jsem mladého muže, strážce, ducha a Renata. Při překonávání výzev jsem získal právo vstoupit do jeskyně zoufalství, jeskyně, která dokáže realizovat i ty nejhlubší sny. V jeskyni jsem se vyhýbal pastím a postupoval skrz scénáře, které žádný jiný člověk nikdy nepřekonal. Jeskyně ze mě udělala Věštce, bytost schopnou překonat čas a vzdálenost, aby vyřešila stížnosti. Se svými novými schopnostmi jsem mohl cestovat zpět v čase a dorazit sem. Chci znovu sjednotit „nepřátelské síly", pomoci někomu, koho neznám, a svrhnout tyranii této zlé čarodějnice. Nakonec musím vědět všechno a vědět, co jsi schopen odhalit. Jste dobrý člověk a stejně jako ostatní zde si zasloužíte být svobodní, jak nás Bůh stvořil.

Carmen se posadila na židli a začala být emotivní. Pod jejím obličejem, který byl zralý z utrpení, jí sklouzly hojné slzy.

Držel jsem ji za ruce a naše oči se v okamžiku setkaly. Na okamžik jsem měl pocit, jako bych byl v přítomnosti své vlastní matky. Vstala a naznačila, abych ji doprovodil. Zastavili jsme před dveřmi.

"Tady v tomto depozitáři najdete odpovědi, které velmi potřebujete. To je to, co pro vás mohu udělat: Ukážu vám cestu. Hodně štěstí!

Děkuji jí a dávám jí požehnaný kříž. Ona se usmívá. Vstupuji do skladiště, zavírám dveře a narazím na množství tištěných novin. Kde by byla ta věc, kterou hledám?

Vidění

Sedím na jediné dostupné židli, opírám se o malý stůl a začínám listovat v novinách, které najdu. Všechny jsou z období 1909"1910. Četl jsem jen nadpisy, ale zdá se, že nemají moc společného s tím, co hledám. Někteří hovoří o Pesqueira a dalších obcích v regionu, ale řešené problémy se týkají otázek zdraví, školství a politiky. Co vlastně hledám? Tragédie, která dokázala otřást tímto malým místem a učinit z něj pole temnoty. Stále listuji v novinách a zdá se mi, že to bude únavný a monotónní úkol. Proč mi to Carmen neřekla přímo? Nebyl jsem důvěryhodný? Bylo by to mnohem jednodušší. Opět si pamatuji horu, výzvy a jeskyni. Ne vždy byl nejjednodušší způsob snadnější, jasnější nebo hmatatelnější. Začínám tomu trochu rozumět. Koneckonců, byla pod mocí odporné, kruté a arogantní čarodějnice. Ukázala mi způsob, jak přesně řekla, a myslím si, že by to stačilo na to, abych vyhrál, dosáhl svých cílů a byl šťastný. Stále listuji v novinách a sbírám váček těch z roku 1910. Pokud jsem si dobře pamatoval, byl to rok tragédie, jak mě Fabio v rozhovoru informoval. Začínám číst titulky a zprávy. Musel jsem zkontrolovat všechny možnosti.

Po hodině čtení a přečtení novin jsem nenašel nic, co by mě upozorňovalo. Viděl jsem zprávy o venkově, sport a další sekce. Naděje, že jsem našel novinky, byla v tomto papírovém pouzdře z roku 1910, které jsem si vzal. Počkejte. Pokud se tato tragédie skutečně stala, mělo by to určitě být v novinách, které byly zvlášť odděleny, protože to byla tak velká zpráva. Začal jsem prohledávat zásuvky skříňky vedle stolu. Najdu různé noviny s různými daty. Jeden mě zaráží: Je to ze dne 10. ledna 1910 a má následující titulek: Christine, mladé monstrum. Myslím, že jsem našel to, co jsem hledal. Když se dotknu papíru, zasáhne mě studený vítr, moje srdce bije a jako výlet v čase zažívám vizi této historie.

Začátek

Začalo dvacáté století a s ním vznik prvních průkopníků země ležící západně od Pesqueira. První, kdo odešel, byl major Quintino a jeho přítel Osmar, oba pocházející ze státu Alagoas a kteří si přivlastnili pozemky, které byly majetkem domorodců. Domorodci byli vyhozeni, poníženi a zavražděni. Ti dva se rozhodli nepřestěhovat se natrvalo do regionu, protože pro ně neměl žádnou strukturu vhodnou.

Postupem času se objevili další lidé, kteří vyklidili hodně pro kancelář starosty. Pozemek byl darován a byly postaveny první domy. Tak vzniklo osídlení. Osada přilákala některé obchodníky v regionu, kteří měli zájem rozšířit své podnikání. Byl otevřen sklad, čerpací stanice, obchod s potravinami, lékárna, hotel a zemědělský obchod. Byla postavena základní škola, která sloužila jako intelektuální základ pro běžnou populaci. Mimoso se poté přesunul do kategorie vesnic podléhajících sídlu Pesqueira.

Železnice

Od roku 1909 dorazily do Mimoso vlaky Great Western, které na mírové místo přinesly pokrok a technologie. Britští inženýři Calander, Tolester a Thompson byli zodpovědní za pokládání kolejnic a stavbu staničních budov. Evropský vliv lze pozorovat také ve zdivu jiných budov a v městských oblastech města Mimoso.

Se zavedením železnice se Mimoso (název pochází z trávy Mimoso, velmi rozšířené v regionu) stalo centrem obchodního významu a regionálního politického významu. Obec byla strategicky umístěna na hranici vnitrozemí s divočinou a byla sloučena jako místo příjezdu a odchodu produktů z mnoha obcí Pernambuco, Paraíba a Alagoas. Kromě železnice prošla polní cesta spojující Recife s divočinou přesně v jejím středu, což přispělo k pokroku místa.

Populaci Mimoso tvořili v zásadě potomci rodin lusitánského původu. Nejvýhodnější částí populace byli potomci Indů a Afričanů. Obyvatelé Mimoso lze charakterizovat jako přátelský a vstřícný lid.

Pohyb

Díky konsolidaci realizace železnice a následnému pokroku v Mimoso se průkopníci regionu (farmáři, major Quintino a Osmar) rozhodli usadit se na místě se všemi svými rodinami.

Byl 10. únor 1909. Počasí bylo pěkné, vítr byl severovýchod a aspekt vesnice co nejnormálnější. Na obzoru se objeví vlak v režii inženýra Roberta, který přináší nové místní obyvatele z Recife: majora Quintino, jeho manželky Heleny, jeho jediné dcery Christine a jejich služebné Gerusa, černošky z Bahia. Uvnitř vlaku v prostoru pro cestující se odhaluje neklidná Christine.

"Matko, vypadá to, že přijíždíme. Jaké bude Mimoso? Bude se mi to líbit

"Ticho, mé dítě. Nebuď tak nervózní. Brzy to zjistíte. Důležité je, že jsme spolu jako rodina. Zanedlouho se usadíme a budeme se přátelit.

Major je sleduje a rozhodne se připojit ke konverzaci.

"Nemusíte se bát. Nebude vám nic chybět. Postavil jsem krásný dům v jedné ze zemí, které vlastním. Je to hned vedle vesnice. Pamatujte: Budete mít úplnou svobodu vztahovat se k lidem na naší sociální úrovni, ale nechci, abyste měli kontakt s nečistými nebo velmi chudými.

"To je předsudek, tati! V klášteru, kde jsem zůstal tři roky, jsem se učil respektovat každého člověka bez ohledu na společenskou třídu, etnický původ nebo rasu, víru nebo náboženství. Stojíme za to, co máme v srdci.

"Tyto jeptišky jsou odpojeny od reality, protože žijí v klášterech. Neměl jsem ti dovolit jít tam, protože jsi se vrátil s hlavou plnou nesmyslů. Myšlenky tvé matky, které už neposlouchám.

"Vždycky jsem snil o tom, že se stala jeptiškou. Christine byla pro mě velkým darem od Boha. Naučil jsem ji všechny zásady náboženství, které jsem znal. Když jí bylo patnáct, poslal jsem ji do kláštera, protože jsem si byl jistý jejím povoláním. O tři roky později to však vzdala a stále to hodně bolí. Bylo to jedno z největších zklamání, které mi kdy dala.

„Byl to tvůj sen, matko, a ne můj. Existuje nekonečné množství způsobů, jak sloužit Bohu. Není nutné, abych byl jeptiškou, abych Mu porozuměl a porozuměl Jeho Vůle.

"Samozřejmě že ne! "Jdu pro ni zařídit dobré manželství. Už mám nějaké nápady. Teď není čas, abych to odhalil.

Vlak píšťalky signalizuje, že zastaví. Vesnice se vynořuje; Christine vidí všechny venkovské aspekty místa jedním z oken. Její srdce se napíná a cítí mírné chvění v těle. Její myšlenky jsou touto předtuchou plné pochybností. Co na ni čekalo v Mimoso? Držte nás, čtenáři.

Christine a Helen se svými obručovými sukněmi vymačkají výstupní dveře vlaku. Majorovi se to nelíbí. Čtyři odejdou a způsobí jistou jiskru zvědavosti od ostatních místních obyvatel. Chovají se elegantně a bohatě. Major vítá Rivanio jako zdvořilost. Od té doby odjíždí do svého domu, který se nachází na severu vesnice.

Příjezd do bungalovu

Christine, Major, Helena a Gerusa dorazí do svého nového domova. Jedná se o cihlový a maltový dům ve stylu bungalovu, přibližně 1600 čtverečních stop zastavěné plochy, obklopený zahradou ovocných stromů. Uvnitř jsou dva obytné prostory, čtyři ložnice, kuchyň, prádelna a koupelna. Na vnější straně jsou pokoje pro služebnou s pokojem a koupelnou. Čtyři kráčeli potichu, dokud major nepromluvil.

„No, tady to je, náš dům, který jsem postavil před několika měsíci. Doufám, že se ti to líbí. Je prostorný a pohodlný.

"Vypadá to velmi hezky. Myslím, že tu budeme šťastní. (Helena)

"Doufám také, i přes předtuchu, kterou jsem právě měl. (Christine)

"Předmluvy jsou nesmysl. Budete šťastní, má dcero. Toto místo je pěkné, plné dobrých a pohostinných lidí. (Hlavní, důležitý)

Všichni čtyři vstupují do domu. Vybalí kufry a odpočine si. Cesta byla dlouhá a únavná. Počínaje dalším dnem by to místo plně prozkoumali.

Setkání se starostou

Nastává nový den a Mimoso se prezentuje aspekty jakékoli venkovské komunity. Zemědělci vycházejí ze svých domovů a připravují se na nový den dřiny, obchodní úředníci to také dělají. Děti projíždějí se svými matkami směrem k nově založené škole. Osli obíhají normálně a nesou své břemeno a lidi. Mezitím se v nádherném bungalovu major připravuje na odchod. Mířil na schůzku se starostou do Pesqueira. Helena mu jemně narovná bundu.

"Toto setkání je pro mě velmi důležité, manželko. Měli by tam být důležití vládci země, například plukovník Carabais. Musím znovu potvrdit své místo nad Mimoso.

"Budeš v pořádku, protože jsi jediný na tomto místě s hodností majora v Národní gardě. Byl to dobrý nápad koupit si tuto pozici.

„Samozřejmě, že byl. Jsem mužem vidění a strategie. Od té doby, co jsem opustil Alagoas a přišel sem, jsem měl jen vítězství.

"Nezapomeňte se zeptat na pozici pro naši dceru Christine. Dělala málo k ničemu. Vzdělání, které získala v klášteře, jí stačí k plnění jakýchkoli povinností.

"Nemusíte se bát. Budu vědět, jak ho přesvědčit. Naše dcera je inteligentní a zaslouží si dobrou práci. No, musím jít. Nechci přijít pozdě na schůzku.

Polibkem se major rozloučí se svou ženou Helenou. Kráčí ke dveřím, otevře je a odejde. Jeho myšlenky se soustředí na argumenty, které použije při jednání. Myslí na moc, slávu a sociální okázalost, které mu dá jeho hodnost majora. Sní velký. Sní o tom, že se stane přítelem guvernéra, a tím získává další výhody. Koneckonců, vše, na čem mu záleželo, byla moc a samozřejmě budoucnost jeho dcery. Ostatní se stali v jeho hře pouhými pěšci. Zrychluje tempo a za pět minut odjede vlak do Pesqueira. Na okamžik obrátí pozornost k chudým lidem, které vidí na cestě. Lituje toho a otočí obličej na druhou stranu. Major se nemůže mísit s každým, myslí si. Pokorní a vyloučení se pro něj počítají pouze v době voleb. Když ten okamžik pomine, ztrácejí na hodnotě a poté major již nevěnuje pozornost jejich požadavkům nebo potřebám. Chudí pod kontrolou plukovníků jsou nevzdělaní a rezignovaní. Major stále kráčí a přibližuje se k vlakovému nádraží. Když dorazí, rychle si koupí lístek a nastoupí.

Ve vlaku hledá nejlepší místo a začne vzpomínat na své dětství. Byl to chudý chlapec z předměstí Maceió, který pracoval jako prodavač cukrovinek. Vzpomíná si na ponížení a tresty svého otce a na boje se svými staršími bratry. Byla to doba, na kterou chtěl zapomenout, ale jeho paměť mu tvrdohlavě odmítla přestat připomínat. Jeho nejsilnější vzpomínka je na boj s jeho nevlastní matkou a na nůž, který ovládal, aby ji zabil. Přichází na mysl krev proudící, křik, pláč a útěk z domova po činu. Stává se žebrákem a krátce nato je seznámen s drogami, alkoholismem a kriminalitou. Ponoří se do tohoto světa asi na pět let, dokud se jednoho dne neobjeví zbožná žena, která si ho adoptuje. Vyroste, stane se mužem a potká Helenu, dceru farmáře, s níž se ožení. Někdy poté mají první a jedinou dceru Christine. Přesouvají se do Recife. Kupuje hodnost majora Národní gardy a cestuje hluboko do nitra hledat zemi. Dobývá vše od západní strany až po Pesqueira. Ovládá země a stává se velmi mocným mužem, který je známý a respektovaný. Ve všech ohledech se cítil jako velký muž. Život ho naučil být silným, vypočítavým a podmanivým mužem. K dosažení svých cílů použil všechny tyto zbraně. Stále ve vlaku si všiml hned za sebou, ženu s dítětem na klíně. Pamatuje si Christine a její nevinnost a sladkost, když byla malá. Pamatuje si také dárek k narozeninám, který dává Christine, hadrovou panenku. Dává jí dárek; objala ho a nazvala ho drahým otcem. Začíná být emotivní, ale nedokáže plakat, protože to muži nemohou dělat na veřejnosti. Jeho malá Christine byla nyní krásná a atraktivní mladá dáma. Bude pro ni muset zajistit dobré manželství a nějaké povinnosti. Když na to pomyslí, usne v regeneračním spánku. Vlak se houpá; probudí se a dotáže se na své kapesní hodinky, aby zjistil, kolik je hodin. Poznamenává, že se blíží době schůzky. Vlak zrychluje; Pesqueira se objeví a jeho srdce se uklidní. Jeho mysl je nyní soustředěna na setkání a přemýšlí o setkání s přáteli farmářů. Vlak signalizuje, že zastaví a major stojí, aby mu urychlil cestu ven. Život vyžadoval oběti a on to věděl víc než kdokoli jiný. Doba během jeho dětství a jeho životních zkušeností ho ještě více kvalifikovala. Vlak konečně zastaví a on spěchá dolů směrem k politickému ředitelství města.

Je 8:00 a gigantická budova je již zcela zaplněna. Major vstoupí, pozdraví lidi, které zná, a posadí se na jedno z předních sedadel vyhrazených pro něj. Zasedání ještě nezačalo. V hlavním sídle je slyšet hlasitou raketu. Někteří si stěžují na zpoždění, jiní na své příbuzné, kteří se všichni nemohli vejít do kanceláře starosty. Správce budovy se marně snaží situaci ovládat. Nakonec dorazí starostova sekretářka, požádá o ticho a všichni poslouchají. Oznamuje:

"Jeho Excelence, starosta Horacio Barbosa, vás nyní osloví.

Starosta vstoupí, narovná si oblečení a připraví se na proslov.

"Dobré ráno, moji milí krajané. S velkým uspokojením vás vítám na tomto sídle, které představuje sílu a sílu naší obce. S velkou radostí jsem vás sem zavolal, abych trochu promluvil o naší obci a zmocnění politických představitelů Mimoso a Carabais. Naše obec hodně rostla v komerčním sektoru a v zemědělství. Na hranici divočiny s vnitrozemím máme jako hlavní obchodní stanici Mimoso. Máme tu vašeho politického zástupce, majora Quintino. Ve vnitrozemí máme Carabais a díky svému známému zemědělství se městu podařilo vydělat

mnoho dividend. Je tu také plukovník Carabais, pan Soares. Po zřízení železnice se rozvíjí i cestovní ruch naší obce. Jak vidíte, naše obec se rozrůstá. . . . .
. . . .
. . . .
. . . .
. . . .
. . . .
. . . . Na závěr bych rád představil pana Soares a pana Quintino. Zatleskejme jim.

Shromáždění stojí a tleská jim oběma.

"Se svou autoritou starosty vám nyní prohlašuji velitele vašich příslušných lokalit. Vaším úkolem je vládnout železnou pěstí nad zájmy veřejnosti, dohlížet na výběr daní a udržovat právo a spravedlnost v souladu s našimi zájmy. Slibuji vám, že vám všemožně pomůžu.

Křídla se jim udělují a všichni tleskají. Quintino signalizuje starostovi a oba se stáhnou z pódia. Měli by soukromý rozhovor. Ti dva vstoupí do omezené místnosti.

"No, Vaše Excelence, požádal jsem o chvilku vašeho času, protože s vámi musím projednat dvě otázky. Nejprve chci vyšší procento z výběru daní. Zadruhé, práce pro mou dceru, Christine. Jak víte, Mimoso se po železnici stalo obchodním místem, které mělo velký význam, a tím úměrně vzrostly zisky prefektury. Chci se pak stát silnějším a mocnějším a kdo ví, dokonce být vaším nástupcem. Kromě toho chci dobrou práci a dobrý plat pro svou dceru Christine. V poslední době byla docela ... statická.

"Pokud jde o zisky, vaše otázka se stává nemožnou. Město má mnoho výdajů a moje správa je transparentní a seriózní. Osobně nemohu nic dělat. Pokud jde o práci, kdo ví, mohu jí dát učitelskou pozici.

"Jak to? Vaše správa je transparentní a seriózní? Korupce je zde notoricky známá! Pamatujte si dobře, že jsem vašeho guvernéra podpořil a získal mu značné procento hlasů. Pokud mi nedáte, o co žádám, podpora je vypnutá.

Starosta byl zticha a přemýšlel a přemýšlel o své kanceláři. Upřel oči na Quintino a okomentoval to.

"Jsi opravdu hrozný. Nechci být jedním z vašich nepřátel. Velmi dobře. Zvýším vaše procento a dám místo vaší dcery na výběrčí daní. Jako?

Tvář majora Quintino naplnila mírný úsměv. Jeho argumenty stačily k přesvědčení starosty. Opravdu byl vítěz a válečník.

"Velmi dobře. Přijímám. Děkuji za pochopení, Vaše Excelence.

Quintino se rozloučil a ustoupil z místnosti. Schůze byla přerušena a všichni odešli ze sálu.

Setkání zemědělců

Po skončení slyšení se hlavní „pánové" města Pesqueira shromáždili v baru poblíž místa, kde byli. Mezi nimi plukovník Sanharó (pan Goncalves), plukovník Carabais (pan Soares) a major Quintino z Mimoso. Vesele mluví o moci, síle a prestiži.

"Implementace železnice byla trumfem vlády. Podporovala výrobu a marketing našeho bohatství. Pesqueira již upozorňuje na státní úrovni. Jeho okresy se staly odkazovanými v mnoha různých žánrech. Například Mimoso se stalo velmi důležitým obchodním strategickým místem. Už vidím všechny výhody, které v této situaci budu moci využít. Bohatství, sociální okázalost, politická moc a neomezené velení. Moji nepřátelé nebudou mít odpočinek, protože s nimi budu nakládat železem a ohněm. Můj tým je již na rebely připraven. (Major Quintino)

„Co se týče Carabais, železnice neovlivnila naše finance jednoduše proto, že neprorazila náš okres. Vládní technici považovali za vhodné jej odvrátit těsně před vchodem do vesnice. Půda nebyla vhodná pro rozmístění kolejnic. Náš okres je však důležitým zemědělským uzlem. Naše výrobky jsou vyváženy do sousedních států. Jako plukovník ovládám region a jsem respektován. Ti, kdo jsou moji nepřátelé, nepřežijí příliš dlouho.

"Zřízení železnice v Sanharó bylo důležité, ale nebylo jediným zdrojem příjmů. Zemědělství je silné a vynikáme na státní úrovni. Naše mléko a naše maso jsou prvotřídní a poskytují nám dobré výnosy. Pokud jde o mé nepřátele, zacházím s nimi stejně jako s vámi. Musíme udržet sílu systému plukovníků.

"To je pravda. Tento systém by měl být udržován pro naše vlastní dobro. Zvládání hlasů, podvody, síť laskavostí ... to vše nám prospívá. Naše síla a síla pochází z mučení, tlaku a zastrašování. Brazílie je toto: Skvělá mocenská struktura, kde přežijí jen ti nejsilnější. Od jihovýchodu, kde dominují bohatí pěstitelé kávy, až po severovýchodní části provozované plukovníky, je systém stejný. Mění se pouze jména a situace. Musíme udržovat lidi v klidu a rezignaci, protože to je nejlepší pro naše ambice a cíle. (Hlavní, důležitý)

„Plně souhlasím a abychom udrželi lidi v klidu a souhlasu, je nutné zachovat naše činy krutosti, útisku a autoritářství. Lidé by se nás měli bát. Jinak ztrácíme respekt a své výhody. Svět je nespravedlivý a měli bychom být součástí malé části populace, která zvítězí. Abychom zvítězili, je nutné zabít, ponížit a strhnout přikázání a hodnoty, a to uděláme. (Plukovník vesnice Carabais)

Konverzace nadšeně pokračuje o ženách, koníčcích a dalších věcech. Tráví téměř dvě hodiny rozhovorem. Major Quintino vstává, loučí se s ostatními a odchází. Vlak, který jede z města Pesqueira do vesnice „Mimoso“, brzy odešel.

Major spěchá zpět k železniční stanici v Pesqueira. Vlak stojí a čeká na přesný okamžik odjezdu. Jde do pokladny, koupí lístek, nechá tip a zamíří k vlaku. Nastoupí, stěžuje si na zpoždění sběratelské služby a posadí se. Vlak signalizuje, že odjíždí a major se zaměřuje na jeho plány. Považuje se za starostu Pesqueira, pravou ruku guvernéra a dědečka nejméně pěti vnoučat. Christine děti se zetěm podle vlastního výběru. Člověka je konec konců dosaženo, pouze pokud se může provdat za své děti. Vlak odjíždí a vezme s sebou snění majora.

Rytmus vlaku je docela pravidelný. Cestující sedí klidně a pohodlně. Zaměstnanec nabízí cestujícím džusy a občerstvení. Major si vezme občerstvení, žvýká a představuje si, jak dobrá je chuť vítězství a úspěchu. Šel na schůzku a vrátil se s realizovanými plány. Měl by nárok na vyšší procento daní a dobrou práci pro svou dceru. Co víc si přát? Byl to připravený muž, šťastný ve svém manželství a měl krásnou dceru. Zastával hodnost majora Národní gardy, kterou si koupil, a to mu dalo právo politicky ovládnout Mimoso. Jedinou věcí, která by ho učinila šťastnějším, by bylo, kdyby to byl plukovník, guvernérova pravá ruka, a oženil by se s jeho dcerou s ideálním zetěm. To by se rozhodně stalo. Čas plyne a vlak se přibližuje k městu Mimoso, jeho volební ohradě. Dychtil, aby oběma ženám v životě oznámil novinky. Jeho srdce se zrychlilo a studený vítr zasáhl jeho tělo, když vlak náhle změnil tempo. Pravděpodobně to není nic, pomyslí si sám pro sebe. Rytmus vlaku se vrátí do normálu a on se uklidní. Mimoso se blíží blíž a blíž. Na chvíli si myslí, že svět by mohl být spravedlivější a všichni by měli být vítězi, stejně jako on. Pokouší se odchýlit od této myšlenky. Od dětství se učil, jaký je život, a věděl, že se to z jedné minuty na druhou nezmění. Stále nesl stopy svého utrpení: tresty jeho otce, boj se svými staršími bratry, vražda, kterou spáchal. Jeho mozek udržoval ty vzpomínky neporušené z té doby. Kdyby mohl, zahodil by ty vzpomínky do odpadu, daleko, daleko. Vlak píšťalky signalizuje, že zastaví. Cestující si upravují vlasy a oblečení. Vlak projíždí a všichni vystupují, včetně majora. Příjezd je uvolněný a on se usmívá. Nakonec se z Pesqueira vrátil vítězně.

Po vystoupení z vlaku míří major na stanici, pozdraví Rivanio a zeptá se, jestli je vše v pořádku. Odpoví ano a hlavní se rozloučí a odejde do svého domu. Po cestě potkává několik lidí a mluví o vzdělání. Spěchá na své kroky a za pár minut je poblíž svého bydliště. Po příjezdu vstoupí bez obřadu a najde Gerusa uklízecí dům a pošle ji zavolat obě ženy v jeho životě. Dorazí a obejmou ho a políbí. Major žádá, aby seděli a okamžitě poslouchali.

"Právě jsem přišel ze setkání, které jsem měl v Pesqueira, a zprávy nemohly být lepší. Nejprve dostanu vyšší procento z daní, které vybírám. Zadruhé jsem dostal práci výběrčí daní pro svou milovanou dceru Christine. Co myslíš?

"Senzační. Jsem hrdý na to, že jsem manželkou muže se skutečným charakterem, jako jste vy. S postupem času se staneme bohatšími a silnějšími.

„Jsem za tebe šťastný, tati. Nemyslíte si, že práce výběrčího daní je pro mě trochu mužská?

„Nejsi šťastná, dcero? Je to skvělá práce a s odpovídající odměnou. Nemyslím si, že je to práce člověka. Je to pozice vysoké důvěry, kterou můžete vykonávat jen vy.

„Samozřejmě, je to skvělá práce. Jako její matka to bez výhrad souhlasím.

"OK. Přesvědčil jsi mě. Kdy mám začít?

"Zítra. Vaším úkolem je sledovat a vymáhat oficiální výběrčí daní, Claudio, syn Paula Pereira, majitele čerpací stanice. Je zodpovědný a čestný, ale je to, jak říká příběh, příležitost člověka dělá.

"Myslím, že to pro mě bude dobré. Je to skvělá příležitost setkat se s lidmi a najít si přátele.

Major odejde do důchodu a jde se vykoupat. Christine se vrací k pletení, které dělala předtím, než dorazil její otec, a Helena jde rozkazovat kuchyňské služce. Následujícího dne bude jejím prvním dnem v práci.

První pracovní den

Začíná nový den. Slunce svítí, ptáci zpívají a ranní vánek obklopuje bungalov. Christine se právě probudila po hlubokém a oživujícím spánku. Sen, který měla předešlou noc, ji hluboce zaujal. Během tří let svého života věnovaného náboženství snila o klášteře a jeptiškách, které se učí obdivovat. Účastnili se její svatby. Co to znamenalo? V té době to nebylo v jejích plánech. Byla mladá, svobodná a plná plánů. V ní vykřikl její pocit vlastní ochrany. Ne, opravdu nebyla připravená na manželství. Tiše se táhne ve své posteli a dívá se na čas. Bylo blízko 6:30. Vstává, zívá a jde do koupelny apartmá. Vstoupí, zapne kohoutek a studená voda ji přenese do klášterních časů. Vzpomíná si na zahradníka, který tam pracoval, a na jeho syna, který ji uchvátil. Začali romantické hry a chodili spolu na procházky a ona okamžitě zjistila, že je zamilovaná. Její kontakt pokračoval se synem zahradníka, ale jednoho dne je jedna z jeptišek přistihla, jak se líbají. Byla konzultována matka představená, Christine tašky byly zabaleny a ona byla vyloučena z kláštera. V tento den pocítila velkou úlevu. Úleva od toho, že už nebude lhát sama sobě ani samotnému životu. Kontakt se synem zahradníka byl rozpuštěn; zapomene na něj a odejde domů. Matka a otec ji doma uvítali s překvapením. Zklamala matku a dala novou naději svému otci, který ji chtěl vidět vdanou s dětmi. Čas plynul a ona se od té doby nezamilovala. Naučila se plést a vyšívat, aby lépe trávila čas. Nyní byla vlivem svého otce zaměstnána jako výběrčí daní. Cítila úzkost a nervozitu z nové situace. Vypne studenou vodu, namydlí se a začne si představovat svého nového spolupracovníka Claudia. Vyobrazuje vysokého blonďatého chlapce plného tetování. Má ráda to, co vidí, a pokračuje v koupání. Čistí si tělo zhruba tak, jako by ze své duše odstraňovala nečistoty. Vypne kohoutek a dá si dva ručníky: Větší na tělo a menší na hlavu. Vychází ze apartmá a jde do kuchyně na snídani. Sedí, podává si dort a pozdravuje svého otce a matku. Major začne konverzovat.

"Jsi nadšený, má dcero? Doufám, že vám první den práce bude dobře. Od Claudia se toho hodně naučíte. Je to skvělý státní úředník.

"Ano jsem. Nemůžu se dočkat, až se dostanu do práce, protože pletení a vyšívání už nejsou tak zábavné jako dřív. Tato práce mi dobře poslouží, i když si myslím, že je trochu mužská.

„Opět s tím? Nevidíš, že jsi svými narážkami zranil svého otce? Dělá vše pro vás.

„Promiňte, oba. Jsem trochu tvrdohlavý s některými nápady.

Christine dokončí snídani, rozloučí se polibkem na čelo rodičů a kráčí ke dveřím. Otevře ji a zamíří k čerpací stanici. Po cestě na ni útočí pochybnosti: Bude se tento Claudio chovat jako barbar? Bude ji v práci respektovat? Nevěděla o něm nic kromě toho, že byl Pereira syn a měl dvě sestry: Fabianu a Patricii. Pokračuje v chůzi a jakmile se přiblíží k čerpací stanici, cítí se ještě více nervózní a nervózní. Zastaví se a trochu dýchá. Hledá inspiraci ve vesmíru, v přírodě a ve svém neklidném srdci. Vzpomíná si na lekce, které se naučila v klášteře, na jeptišky a na jejich odlišný způsob vidění života. Bylo to tříleté období duchovního shromáždění, které teď nemělo žádný význam. Byla v okamžiku, kdy se setkala s novými lidmi, zahájila nové řemeslo a kdo ví, jestli by to nezměnilo její způsob vidění lidí a života. To by zjistila, jak čas plyne. Pokračuje v chůzi. Nová síla ji osvěží a naplní její bytost a dá jí další tlak. Musela být odvážná, protože v době, kdy čelila matce představené ve svém klášteře, přiznala pravdu: že byla úplně zamilovaná. Sbalili jí kufry, byla vyhozena a v tu chvíli to vypadalo, jako by jí zezadu snesli obrovskou váhu. Přesídlila z hlavního města a nyní bydlela na konci světa bez přátel a bez jakéhokoli pohodlí. Musela by si zvyknout. Uběhlo několik minut a ona se přiblížila k čerpací stanici. Je od ní jen pár stop. Upravuje si vlasy a oblečení, aby udělala dobrý dojem. Poslední vydechne, vstoupí a představí se.

"Jsem Christine Matias, dcera majora Quintino. Hledám Claudia, výběrčí daní. Je doma?

"Můj syn se šel rychle nakousnout do restaurace tady poblíž. Pošlu pro něj. To jsou moje dcery Fabiana a Patricia a já jsem pan Pereira.

Christine je pozdravila polibky na tvář.

"Takže jsi slavná Christine. Nemůžu uvěřit, že jsem tě ještě neviděl. Zůstanete hodně uvnitř, a to není dobré. Od nynějška můžeme být kamarádi a povídat si spolu. (Fabiana)

„Je mi potěšením se s vámi setkat. Vy, Fabiana a já budeme skvělí přátelé, můžete se na to spolehnout.

"Děkuju. Jsem také velmi rád, že vás poznávám. Nechodím moc ven, protože moji rodiče ovládají. Myslí si, že dcera majora musí být trochu rezervovaná. Jsou přehnaně ochranní.

"No, to se změní. Považujte se za součást našeho gangu. Jsme nejbláznivější děti v bloku. (Fabiana)

"Náš gang je skvělý. Budete rádi, když jste jeho součástí. (Patricia)

"Děkuji za pozvání, abych se stal součástí vaší skupiny. Myslím, že pár vztahů a přátel mi neublíží.

Konverzace nějakou dobu živě pokračovala. Claudio tiše přistupuje a čelí Christine. Jejich oči se zamykají a nyní jako kouzlo se zdá, jako by v celém vesmíru existovaly jen oni dva. Srdce obou spěchá po setkání a vnitřní teplo prochází oběma těly.

"Tady mi zavolal táta. Chceš říct, že jsi ta dívka, která na mě bude dohlížet? Myslím, že se nebudu cítit tak nepříjemně.

Díky komplimentu byla Christine trochu šokovaná. Nikdy nenašla muže tak přímého.

"Jmenuji se Kristýna; Jsem dcera majora. Jsem tvůj nový partner v práci. Můžeme začít? Těším se na to.

"Ano, samozřejmě. Jmenuji se Claudio. Jsme právě včas, abychom mohli začít pracovat. První komerční provozovnou, kterou dnes navštívíme, je řeznictví. Byly to tři měsíce, co majitel neplatil daně a musíme na něj tlačit. Myslím, že vaše přítomnost pomůže.

"Tak pojďme. Bylo mi potěšením se s vámi setkat, Fabiana a Patricia. Uvidíme se později.

Ti dva na rozloučenou mávají rukama. Claudio a Christine odcházejí společně k řeznictví. Christine myšlenky důvěrně stoupají a ona se cítí jako blázen, že tolik zbožňovala Claudia. Nebyl nic takového, jak si představovala, ale něco v ní zamíchal. Pocit, že ho musela poznat, byl jako nic, co kdy zažila. Co to bylo? Nedokázala to definovat, ale bylo to něco silného a trvalého. Dva procházky vedle sebe a Claudio se snaží zahájit konverzaci.

"Christine, řekni mi něco o sobě. Jste z Recife, že?

"Ne. Žil jsem v Recife deset let. Vlastně jsem z Alagoas. Moje dětství tam bylo skoro úplně.

"Měla jsi někdy přítele?

"Já jsem měl, ale bylo to před nějakým časem. Chtěl jsem být jeptiškou. Strávil jsem tři roky svého života v klášterním klášteru a snažil jsem se najít smysl svého života. Když jsem si uvědomil, že nemám žádné povolání, odešel jsem a vrátil jsem se do domu svých rodičů.

„Bylo by velkým plýtváním, kdybys byla jeptiškou se vší úctou. Nic proti náboženství, ale odevzdání sebe sama Bohu vyžaduje od člověka příliš mnoho.

"No, to je všechno v minulosti. Musím se soustředit na svůj nový život a své povinnosti.

Rozhovor se náhle zastaví a oba pokračují v chůzi. Příchod a odchod lidí je v centru města stálý. Mimoso se po implantaci železnice změnilo na regionální obchodní centrum. Lidé přišli z celého regionu navštívit a nakupovat v jeho obchodech. Řeznictví je nedaleko a Christine se sotva ovládne. Neděla, jak jednat. Nakonec byla dcerou majora a musela jít příkladem. Práce výběrčí daní by ji hodně odhalila. Nakonec dorazí a Claudio osloví pana Helia, majitele obchodu.

"Pan. Helio, přišli jsme sem, abychom od tebe vybrali tři měsíce daní, které dlužíš. Město potřebuje váš příspěvek na investice do vzdělávání, zdraví a hygieny. Udělejte svou povinnost jako občan.

„Copak jsem ti neřekl, že jsem na mizině? Podnikání zde nebylo dobré. Potřebuji prodloužení platby.

"Nemám žádné další výmluvy a pokud nezaplatíte, budete mít problémy. Vidíš tu dívku se mnou? Je to dcera majora. Není spokojen s vašimi výchozími hodnotami. Nejlepší věc, pane, by bylo zaplatit tvé dluhy.

Helio chvíli přemýšlel, co má dělat. Na první pohled se podívá na Christine a přesvědčí se, že je dcerou majora. Otevře zásuvku, vytáhne balík peněz a zaplatí. Oba mu poděkovali a stáhli se z provozovny.

Ráno je věnováno práci. Ti dva navštěvují domy a podniky. Někteří daňoví poplatníci odmítají platit kvůli nedostatku kapitálu. Christine začíná obdivovat Claudia za jeho

profesionalitu a sebevědomí. Ráno plyne a den je u konce. Ti
dva se rozloučili a že se za patnáct dní znovu vrátí do práce.

Piknik

Slunce postupuje na obzoru a ohřívá se ještě více, když
je po poledni. Pohyb se zmenšuje, farmáři přicházejí z farmy,
pračky přicházejí se svými břemeny, která umývaly v řece Mi-
moso, státní úředníci jsou propuštěni, krajkáři si v práci
odpočinou a každý může mít oběd. Christine se neliší od ostat-
ních a v tuto chvíli se také vrací domů. Přijde, otevře dveře a
zamíří do hlavní kuchyně. Její rodiče jsou již přítomni a Gerusa
podává oběd.

"Odpusť, že jsme nečekali, až budeš servírovat oběd, má
dcero, ale já jsem dorazil unavený a hladový, protože jsem byl
na obchodní schůzce. Jak jste změnili téma, jaký byl váš první
pracovní den? (Hlavní, důležitý)

"Není potřeba se omlouvat. Můj první pracovní den byl
dlouhý a únavný. Claudio a já jsme se snažili přesvědčit
daňové poplatníky, aby zaplatili. Někteří se však na svých poz-
icích upevnili. Celkově to byla dobrá práce, protože jsem se
hodně naučil. Jen si nejsem jistý, jestli to chci dělat po zbytek
svého života.

"Řekněte Claudiu, že chci podrobnosti o těch, kteří
nezaplatili. Jsem major a nebudu tolerovat další zpoždění.

"Setkal jsi se s někým, dcero? Získat přátele? (Helena)

" Ano, někteří lidé. Jeho sestry jsou velmi milé.

Gerusa podává Christine a ona začne jíst. Během této
doby zůstala zticha, protože byla takto vychována. Gerusa
odešla z kuchyně a zamířila do svých pokojů před domem. Tři
hlavy domácnosti zůstaly a najedly se. Christine dojede, vs-
tane od stolu a s polibky na tváře se rozloučí se svými rodiči.
Zamíří na balkon domu, kde je dobře větraný a chladný, aby

mohla plést. Zvedne nitky a začne plést. Pohyb jejích hbitých rukou ji zavede do tajemných světů, kam může dosáhnout pouze představivost. Vidí, že chodí s mužem se silnými, svalnatými rameny a pevným postojem. Představuje si své zasnoubení a následné manželství. V tu chvíli ji vnitřní úzkost potrestá a zneklidní. Okamžik plyne a ona se vidí jako matka tří krásných dětí. Ve svých představách čas rychle plyne a ona se vidí jako babička a prababička. Smrt přichází a ona se vidí v ráji obklopená anděly a naším Pánem, Ježíšem Kristem. Její hbité ruce fungují a na chvíli v látce přizná, že plete známou mužskou tvář. Zavrtí hlavou a iluze pomine. Co se s ní dělo? Byla šílená, nebo dokonce možná zamilovaná? Nechtěla této možnosti věřit. Stále pracuje, dokud neuslyší její jméno vyslovené s neuvěřitelnou intenzitou. Vrací se ke vchodu do zahrady svého domu, odkud uslyšela hlas. Poznává Fabianu, Patricii a Claudia v doprovodu dalších mladých lidí.

"Můžeme vstoupit, Christine?

"Ano, můžeš. Udělejte se jako doma.

Do zahrady domu vstoupilo přesně šest mladých lidí. Vystoupali po žebřících, které umožňovaly přístup na balkon, a setkali se s Christine. Fabiana se postarala o představení neznámých přátel.

"Toto je můj bratranec Rafael, a to jsou moji přátelé Talita a Marcela.

Christine je pozdravila polibky na tvář.

"Rád vás poznávám. Pokud jste Fabiana přátelé, pak jste také moji přátelé.

"Potěšení na mé straně. Claudio o vás mluvil velmi dobře. (Rafael)

"No, Christine, přišli jsme sem, abychom vás pozvali na pěknou procházku na vrchol hory Ororubá. Budeme venku na pikniku. Kontakt člověka s přírodou je nezbytný pro to, aby se člověk mohl vyvinout a osvobodit se od své karmy. (Claudio)

"Chceš jít, Christine? Jste hodně uvnitř, a to není dobré. (Fabiana)

„Trváme na tom. (Všichni se opakují)

"OK. Půjdu. Přesvědčil jsi mě. Počkej chvilku, řeknu to rodičům.

Christine na chvíli vstoupí do domu, ale brzy je zpět. Setkává se se skupinou a společně se dohodnou na cestě na tajemnou horu Ororubá, posvátnou horu. Sedm začne chodit. Christine sleduje Claudia a dochází k závěru, že je to typický venkovský muž: silný, sebevědomý a plný kouzla. První den, kdy pracovali společně, udělali dobrý dojem, ale stále nevěděla, co k němu cítí. Prostě věděla, že to byl silný a trvalý pocit. Piknik byl podle něj příležitost poznat ho lépe. Sedm zrychlí a brzy bude na úpatí hory. Claudio, vůdce skupiny, se zastaví a požádá všechny, aby udělali totéž.

"Je důležité, abychom se nyní hydratovali, abychom později neměli problémy. Procházka je dlouhá a vyčerpávající. (Claudio)

"Slyšel jsem, že tato hora je posvátná a má magické vlastnosti. (Talita)

"To je pravda. Legenda říká, že tajemný šaman dal svůj vlastní život, aby zachránil svůj lid. Od té doby se hora Ororubá stala posvátnou. Také říkají, že předchůdce duchů pojmenoval strážce horské stráže všechna svá tajemství. (Fabiana)

"To není vše. Na jejím vrcholu je majestátní jeskyně, o které se říká, že dokáže splnit jakoukoli touhu. Snílci z celého světa ji hledají, aby dosáhla svých zázraků. Pokud však víme, nikdo to nepřežil. (Patricia)

"Tyto příběhy mě znervózňují. Nebylo by lepší, kdybychom se vrátili? (Christine)

„Neboj se, Christine. "Jsou to jen příběhy. I kdyby to byla pravda, byl bych tu, abych tě chránil. (Claudio)

"Claudio není jediný. Jsem také muž a jsem ochoten vám pomoci, pokud to potřebujete. (Rafael)

"A co já? Nikdo mě nechrání? Jsem také slečna v nouzi. Jsem zraněný. (Marcela)

Rafael přistupuje k Marcele a objímá ji na znamení, že se nemá čeho bát. Všichni pijte vodu a vydejte se na procházku. Christine postupuje o kousek dál a staví se vedle Claudia, vpředu. Po vyslechnutí informací o hoře se cítila nebezpečně. Myslí na horu, strážce a jeskyni. Intimně vidí, jak vstupuje do jeskyně a realizuje své největší přání v tu chvíli. Byla také snílkem jako tolik lidí, kteří přišli o život v jeskyni při hledání svých snů. No, bylo nutné držet nohy na zemi, v drsné realitě byla dcerou majora, a to jí trochu omezovalo svobodu jednání ve vztahu k přátelům, láskám a touhám. Srovnatelně se cítila v klášteře svobodněji než nyní. Claudio podá ruku Christine, aby jí pomohla na cestě nahoru, protože vidí, že bojuje. Christine mysli závodí a myslí si, že by bylo dobré mít přítele, který by ji podporoval a byl k ní loajální a čestný, přítele jako Claudia. Zavrtí hlavou a pokusí se vybočit z myšlenky. Bylo to nemožné, protože její otec nedovolil tento druh svazku. Byl to prostý výběrčí daní a ona byla dcerou majora. Žili ve zcela odlišných světech. Skupina se znovu zastaví, aby se znovu osvěžila. Teplo je silné a je málo větru. Byli v polovině cesty.

"Odtud je možné vidět velkou část Mimoso. Vidíš, Christine? Tady je tvůj dům. (Claudio)

"Pohled odsud je opravdu privilegovaný. Myslím, že vrchol je ještě ohromující. Sierra Mimoso z tohoto pohledu ani nevypadá skvěle. (Christine)

"Myslím, že je nejlepší, abychom pokračovali. Nemá smysl tu dlouho zůstat. (Fabiana)

"Souhlasím také. Tímto způsobem můžeme trvat déle na vrcholu, který je nejdůležitější částí hory. (Rafael)

Většina souhlasí s pokračováním procházky. Nakonec bylo po 13:00 Christine se už cítila trochu unavená. Lezení na horu je extrémně vyčerpávající pro každého, kdo na to není zvyklý. Vzpomíná si na neustálé výzvy, kterým byla vystavena v klášteře, ale nic z toho nebylo podobné výstupu na horu, o které všichni říkali, že je posvátná. Sbírá sílu v hlubinách své duše a velmi se snaží, aby si nikdo nevšiml její obtížnosti. Claudio se na ni usměje, a to ji naplní silou, protože by pro něj překonala jakoukoli překážku. Láska, tato podivná síla, je spojila i bez jakéhokoli fyzického kontaktu. Pro něj, kdyby měla příležitost, stála by tváří v tvář opatrovníkovi a vstoupila do jeskyně, aby si uvědomila svůj sen připojit se k němu po celou dobu, kdy museli být v životě spolu. I když ji to stálo život. Koneckonců, jaký má život smysl, pokud nejsme s těmi, které opravdu milujeme? Prázdný život je podobný životu vůbec. Skupina postupuje dále a přibližuje se k vrcholu. Claudio se to snaží zamaskovat, ale plně ho přitahuje krása a milost Christine. Od chvíle, kdy se setkali, se něco změnilo v jeho samotném bytí. Nemohl jíst správně ani nic dělat, aniž by na ni myslel. Přemýšlí o tom, jak příznivý byl přesun její rodiny z Pesqueira do prosperující vesnice Mimoso. Přemýšlí o tom, jak velkorysý byl osud, že se oba spojili prakticky ve stejné práci. Piknik by byl skvělou příležitostí, jak tu dívku nalákat. Doufal, že bude přijat i přes rozdíly mezi nimi. Obtíže, zejména její předsudkové rodiče, byly překážkami, které bylo možné překonat. Nakonec skupina dosáhne vrcholu a všichni oslavují. Teď už zbývalo jen najít dobré místo na piknik. Členové skupiny se rozdělí do tří menších skupin, aby našli nejvhodnější místo. Uběhlo několik minut a jedna ze skupin dala signál a zapískala. Místo bylo vybráno. Celá skupina se znovu schází a piknik je připraven. Každý člen skupiny přispěl něčím na hostinu.

„Cítíš to, Christine? Zpěv ptáků, lehký šepot větru, venkovská atmosféra, bzukot hmyzu, to vše nás vede k místům a letadlům, která nikdy předtím nebyla navštívena. Pokaždé, když sem přijdu, cítím se jako důležitá součást přírody, a ne jako bych ji vlastnil, jak si někteří myslí. (Claudio)

"Je to velmi hezké. Tady v přírodě se cítím jako obyčejný člověk, a ne jako dcera majora a nedokážete si představit, jak dobře se to cítí. (Christine)

"Užijte si to, Christine. Ne každý den to můžete udělat. Předsudky, strach, stud, to všechno narušuje náš každodenní život. Zde na to můžeme alespoň na chvíli zapomenout. (Fabiana)

"V tomto divokém zeleném divu můžeme cítit, vidět a plně rozumět vesmíru. K tomuto zázraku dochází, protože hora je posvátná a má magické vlastnosti. (Talita)

"Chci také vyjádřit svůj názor. Jsme sedm mladých lidí, kteří hledají co? Odpovím si sám. Hledáme dobrodružství, nové zkušenosti, přátelství, a dokonce i lásku. To je však možné jen tehdy, když jsme v míru sami se sebou, s ostatními a s vesmírem. Je to ten vytoužený mír, který jsme zde našli. (Rafael)

"Tady je vše zážitkem z učení. Rytmus přírody, společnost vás všech a tento čerstvý vzduch jsou lekce, které bychom měli mít s sebou pro naše děti a vnoučata. (Marcela)

„To je pro mě všechno skvělé společenství. Společenství duchů, které nás vede k překonání mnoha fází našeho života. (Patricia)

Nakonec řekněte svůj názor na to, co cítili v té magické chvíli, kdy si začali sloužit. Útulné prostředí je přimělo mlčet po celou dobu jídla. Po skončení oběda Claudio oznámil:

"Ve skutečnosti, Christine, nepřišli jsme jen na jednoduchý piknik. Chystáme se postavit tábor a strávit tu noc.

Christine na okamžik změnila barvu a všichni se zasmáli. Byla jediná ve skupině, která to nevěděla.

"Ha? A co nebezpečí hory? Můj otec mě zabije, když tu strávím noc. Myslím, že půjdu.

"Radím vám, abyste nechodili. Opatrovník musí číhat a čekat na nejlepší šanci zaútočit. (Fabiana)

„Neboj se, Christine. Neříkal jsem, že tě budu chránit? Pokud jde o tvého otce, neboj se, ví, že tu budeme nocovat. (Claudio)

Christine se uklidní. Bylo by lepší, kdyby zůstala se skupinou, protože neznala horu a její tajemství. Bylo by to opravdu strašidelné. Kdo ví, co se může stát? Bylo lepší to neriskovat. Odpoledne postupuje a všichni spolupracují na rozložení dvou stanů. Jsou připraveni za chvilku. Claudio a Rafael se vydávají hledat dřevo, aby zapálili oheň, s cílem zahnat divoká zvířata, která obývali tento region. Ženy jsou v táboře samy a čistí půdu kolem stanů.

„Je skvělé sem přijít, Christine. Večer je celé toto místo ještě krásnější. Po večeři uvidíte: Je to naprostý výbuch. Řekni mi, není to lepší než zůstat doma? (Fabiana)

„Také si to užívám, ale měl jsi mi dát vědět, že se sem chystáš tábořit. Byl jsem docela překvapen. (Christine)

„Všimli jste si, jak se na ni Claudio dívá a naopak? Myslím, že jsou dva zamilovaní. (Talita)

"Vaše oči na vás hrají triky, Talita. Mezi Claudiem a mnou není nic (Chistine)

"Na jedné straně bych byl velmi šťastný, že jsem tvou švagrovou. (Patricia)

"Jsem s tebou v tom. (Fabiana)

"Díky, lidi. Ale bohužel je to nemožné. (Christine)

Christine na okamžik vypadala vážně a přestali s narážkami. Claudio a Rafael se vracejí se vším potřebným dřevem k udržení ohně po celou noc. Claudio se podívá na

Christine a zdá se, že si dopisuje. Odpoledne postupuje a stmívá se. Při sestupné noci osvětluje táborák okolí. Všichni se shromáždí kolem a večeře se podává Fabiana a Patricii. Všichni trochu jedí a mluví. Claudio se vzdaluje od skupiny a když se dostane do určité vzdálenosti, dá pokyn Christine, aby ho doprovodila. Zachytí signál a také se vzdálí od skupiny.

„Co budeme dělat, Christine? Ty a já společně uvažujeme o těchto hvězdách. Vypadají jako svědci toho, co oba cítíme. Myslím, že to pociťují nejen oni, ale celý vesmír.

"Víš, že je to nemožné. Moji rodiče by to nedovolili. Jsou velmi zaujatí.

"Je nemožné? To mi říkáš, tady v této posvátné hoře? Tady není nic nemožné.

"Ale, Ale.

"Neříkej další slovo. Nechte své srdce nahlas křičet, jako já.

Claudio trochu vykročil vpřed a objal Christine. Jemně jí trochu zakřivil ruku kolem obličeje a trpělivě se dotkl jejích rtů Christine. Polibek Christine pohnul a na chvíli měla pocit, jako by šla vzduchem. Do její mysli proniklo množství myšlenek a narušilo její polibek. Když to skončí, odtáhne se a řekne:

"Ještě nejsem připravený. Odpusť mi, Claudiu.

Christine uteče a vrací se zpět ke skupině. Claudio jde s ní. Táborák zapraskal a vše se kolem něj shromáždilo, protože chlad je intenzivní. Rafael stojí vedle ohně a je připraven vyprávět horské příběhy o hoře.

"Jednou žil snílek z městečka Triunfo v zázemí Pajeú. Jmenoval se Eulalio. Jeho snem bylo stát se banditům a shromáždit svůj vlastní gang, aby páchal zločiny, hromadil bohatství, měl sociální moc a okázalost, a tím také fascinoval a sváděl mnoho žen. K tomu však neměl odvahu a odhodlání. Sotva mohl ovládat meč. Ve své zemi slyšel o posvátné hoře Ororubá a její zázračné jeskyni, schopné splnit jakoukoli touhu. Když to uslyšel, nerozmýšlel a sbalil se, aby udělal vytoužený výlet.

Dorazil na horu, setkal se s opatrovníkem, dokončil výzvy, a nakonec vstoupil do jeskyně. Jeho srdce však nebylo zcela čisté a jeho touhy nebyly spravedlivé. Jeskyně mu neodpustila a zničila jeho život a sny. Od té doby se jeho duše začala toulat bolestí po hoře. Říká se, že ho jednou viděli lovci přesně o půlnoci. Byl oblečený jako bandita a nesl velkou zbraň, která střílela kulky duchů.

„Myslíš, že se stal odvážným poté, co zemřel? Potom jeskyně částečně uskutečnila svůj sen. (Talita)

„Ne tak docela, Talita. Jeskyně zničila život snílka a místo toho ponechala pouze jeho duši s předměty jeho touhy. Navíc je to ztracená duše uvězněná v utrpení. (Fabiana)

"Je to jen příběh. V jeskyni je nespočet snílků, kteří zkoušeli štěstí, a zatím se nikomu z nich nepodařilo přežít. Z tohoto důvodu se tomu říká jeskyně zoufalství. (Rafael)

"Nešel bych do té jeskyně pro nic. Moje sny se uskuteční s plánováním, vytrvalostí, odhodláním a vírou. (Marcela)

"Jel bych pro lásku. Koneckonců, nemůžete žít bez riskování. (Christine)

"Vždy romantický. Christine je zamilovaná, lidi. (Patricia)

Všichni se smějí kromě Claudia. Stále byl rozzlobený a zraněný, protože ho svým způsobem odmítla Christine. Otevřel své srdce a své city; nestačilo ji však přesvědčit o jeho lásce. Mluvila o předsudcích svých rodičů, ale ona byla tím předsudkem. Úzkost, kterou cítil na dně hrudníku, ho přiměla cestovat zpět v čase, aby si vzpomněl na epizodu, která se stala před dvěma lety, když žil v Pesqueira a chodil s krásnou blondýnou, dcerou starosty. Chodili spolu tři měsíce, protože se bála reakce svých rodičů. Jednoho dne to otec zjistil a nebyl potěšen. Najal si dva lokaje, aby ho bičovali a plácli. Byl to výprask, na který nikdy nezapomene. Tak se teď cítil: Plácl, bičoval, a ne její rodiče, ale ona a její vlastní předsudky. Život a vlastní štěstí se však tak snadno nevzdal. Ukáže Christine jeho hodnotu a ona pochopí, jak moc bylo hloupé přijít o drahocenný čas.

Padá noc a všichni se připravují spát ve svých stanech. Oheň je stále zapálen, aby byl chráněn před brutálními zvířaty hory. Z určité vzdálenosti je však slyšet vytí. Christine se hýbá z jedné strany na druhou a snaží se ovládnout svůj strach. Bylo to poprvé, co spala na posvátném místě. Tvrdá zem ji trápila ještě víc, než si myslela. Vytí pokračuje a v daném okamžiku je také slyšet hluk kroků. Christine zoufale zadržuje dech. Mohl by to být duch bandity? Nebo možná divoké zvíře připravené ji pohltit? Zvuky kroků přicházejí jejím směrem. Do stanu udeří silný vítr a ve klopě dveří se objeví záhadná ruka. Je připravena křičet, ale muž, který se objeví, říká:

"Relax, to jsem já.

Christine se uklidňuje a zotavuje se ze strachu. Pozná hlas. Byl to Claudio. Ale co dělal v takové hodině v jejím stanu? Její tvář, zastíněná temnotou noci, odrážela tuto pochybnost. Claudio se přikrčí a zeptá se:

"Přišel jsem se vás zeptat, jestli jste si přáli.

"Přát si? Jaké přání?

"Hora je posvátná a o půlnoci dá touhu zamilovaným srdcím. Já jsem udělal svůj a víte co? Požádal jsem horu, aby nás navždy spojila v lásce.

„Věříte tomu? Nemyslím si, že by nějaká hora změnila plány mého otce.

„Už jsem ti to řekl, hora je posvátná. Věř mi. To nám může splnit sen.

Claudio tedy spojil ruce s Christine a oba zavřeli oči. V tu chvíli se obě srdce vrhla do paralelní roviny, kde byla šťastná i svobodná. Christine se viděla vdaná za něj a jako matka nejméně sedmi dětí. Okamžik stačil na to, aby se cítili jako jeden, spojeni s vesmírem. Proud byl přerušen; Claudio se rozloučil a Christine se pokusila usnout na tvrdé, suché podlaze.

Sestup z hory

Jak svítá nový den, Claudio vstává a začíná probouzet ostatní. Christine je poslední, která povstala. Claudio a Rafael se ponoří do lesa, aby chytili nějaké ryby v nedalekém rybníku. Byla by to jejich snídaně. Mezitím se ženy snaží zapálit oheň zbytkem zbylého dřeva. Fabiana přerušila ticho.

"Spím dobře, Christine?

"Ne moc dobře. Tato tvrdá a suchá zem mě bolela v zádech. Stále to bolí. (Christine)

"To je pro vás život zvěda. Připravte se, protože stále máme mnoho dobrodružství. (Talita)

„Líbila se vám procházka obecně? (Patricia)

"Ano, líbilo se mi to. Hora dýchá vzduchem klidu a míru. Miloval jsem kontakt s přírodou a vaší společností. (Christine)

„Také jsme si to užili, i když to není poprvé. Nyní jste součástí našeho týmu. (Patricia)

"Dohodli jste se s Claudiem včera v noci? (Talita)

"Rozhodli jsme se nezakládat vztah, protože žijeme ve zcela odlišných světech. (Christine)

"Časem to vyřešíte. Láska je silnější než rozdíly a jak jsem řekl, rád bych byl tvou švagrovou. (Fabiana)

"Já také. (Patricia)

"Závidím ti. Claudio je tak roztomilý. Škoda, že o mě nemá zájem. (Talita)

Rozhovor mezi ženami pokračoval živě, ale Christine raději nebyla jeho součástí. Když mluvila o své lásce, Claudio ji zranil na duši, protože měla pocit, že by to byla nemožná láska. Znala své rodiče dobře a věděla, že by byli naprosto proti tomuto druhu vztahu. Její matka stále držela naději, že se vrátí do kláštera, a její otec ji chtěl vidět vdanou za manžela jejich společenské úrovně. Obě možnosti vyloučily Claudia z jejího života, ale zároveň po něm její srdce toužilo; chtěla jen jeho. Byly to její dvě „nepřátelské síly", s nimiž se bude muset smířit, nebo si dokonce vybrat. Tyto „nepřátelské síly" napadly její srdce a stále ji nechávaly na pochybách. Asi třicet minut poté, co odešli, se Claudio a Rafael vrátili se slušným množstvím ryb. Oheň už byl zapálen a ryby jsou umístěny na grilu. Ryby jsou úplně upečené a rozděleny mezi členy skupiny. Claudio říká:

"Byli jsme na rybaření a najednou se objevila stará dáma, která žádala nějaké ryby k jídlu. Dal jsem jí je a díky mi požehnala a řekla, že budu velmi šťastná. Neznal jsem tu dámu. Nikdy jsem ji kolem těchto částí neviděl. V očích měla ten pohled, který mě zaujal, jako by věděla budoucnost.

„Možná je strážkyní? Neříká legenda, že žije tady na hoře? (Fabiana)

"Mohlo by být. To jsem si myslel, když jsem ji viděl. (Rafael)

"Tak máte velké štěstí, bratře. Existuje jen málo lidí, kteří mohou dosáhnout štěstí. (Patricia)

„Byla opravdu divná. Když jsem jí dal rybu, cítil jsem zimnici. (Claudio)

"Jsem praktický. Dokonce věřím, že hora bude posvátná díky zkušenostem, které jsem zde prožil. Ale pak věřit v strážce a v jeskyně, kteří dělají zázraky, je spousta základů. Brzy se mě pokusíš přesvědčit, že existují duchové a skřeti. (Talita)

„Kdybych byl tebou, nepochyboval bych. Claudio je vážný muž a není lhář. (Marcela)

„Také mu věřím. V klášteře mě učili soudit lidi podle jejich očí a Claudio byl naprosto upřímný, když mluvil o opatrovníkovi. Měl tu čest se s ní setkat. (Christine)

V následujících okamžicích kolem tábora vládlo ticho a členové skupiny dojedli ryby. Claudio a Rafael rozbili stany a ženy shromáždily předměty, které přinesly. Skupina se setkala v modlitbě vděční za okamžiky prožité v horách a zahájila procházku zpět do vesnice, kde žili. Claudio jemně podal ruku Christine a ona to přijala. Sestup z hory byl pro začátečníky nebezpečný. Fyzický kontakt s Claudiem způsobil, že Christine srdce poskočilo ještě více. Tento muž ji tak šílel, že téměř zapomněla na společenské konvence, když byla s ním nahoře na hoře. Byly to okamžiky, které měly moc ji přivést do paralelních letadel, kde se k ní nikdo nemohl dostat. V těchto okamžicích se cítila opravdu šťastná. Při cestě dolů z hory by však musela opustit své sny o fantazii a čelit drsné realitě. Realita, kde byla dcerou zkorumpovaného, autoritářského a neoblomného majora. Kromě toho žila pro chvíle, kdy ji Claudio držel a líbal. Christine stiskne Claudio ruku silou, aby se ujistil, že je tam opravdu po jejím boku. Ztratila už své prarodiče a nebyla by schopna utrpět další ztrátu. Skupina sestupuje z vrcholu a už prošla polovinu vzdálenosti strmými horskými cestami. Claudio, vůdce skupiny, se zastaví a požádá všechny, aby udělali totéž. Všichni pijte vodu a pokračujte v chůzi. Christine myslí na svou matku a nadávky, které by dostala, protože strávila celý den mimo domov. Chovala se k ní jako k dítěti, neschopná zvolit si vlastní cestu. Svým vlivcm vstoupila do kláštera a strávila tři roky svého života jako samotářka. Byla povolena pouze na doprovodné procházky a pouze se svolením matky představené. V té době se naučila latinu a základy křesťanského náboženství. Kultura a znalosti byly jediné pozitivní věci, které vyplynuly z jejího pobytu tam. Většinou to byla promarněná část jejího života, protože netoužila být jeptiškou. Byla unavená z toho, že je hodná dívka a poslušná, protože jí to přineslo jen ztráty. „Protichůdné síly“, které uvnitř nesla, musely být vyřešeny. Skupina zrychluje své tempo a za krátkou dobu cestují zpět domů. Rozloučili se a všichni se vrátili do svých domovů.

Zneužití majora

Přijetí Christine proběhlo hladce. Ani jeden z rodičů si nestěžoval, že strávila noc na posvátné hoře. Koneckonců nebyla sama. Po rozhovoru s rodiči se vykoupala, odložila se do svého pokoje a usnula, když se cítila vyčerpaná. Major a jeho manželka jsou v obývacím pokoji a mluví. Je slyšet tleskání a Gerusa okamžitě jde ke dveřím, aby je otevřela. Lenice, farmář, čeká na svou účast.

"Jak vám mohu pomoci?

"Chci mluvit s majorem. Je to velmi důležité.

„Přijďte. Je v obývacím pokoji.

Lenice vstoupí a jde do obývacího pokoje.

"Pan. Majore, chtěl jsem s vámi mluvit, pane. Týká se to mého novorozeného syna Jose.

"Co o něm? Otec nechce převzít odpovědnost? Potřebujete pomoc s jeho výchovou?

"Ne, nic takového. Přeji si, abys byl, pane, kmotrem jeho křtu.

"Co? Kmotr? Do které důležité rodiny patříte?

"Jsem Silva a pracujeme v zemědělství.

"To je nemožné. Nebyl bych přítelem prostého člena rodiny Silva, i kdybych byl posledním mužem na Zemi. Než sem přijdete s takovými požadavky, měli byste se zkontrolovat.

"Pan. Major, nemáte srdce.

Ubohá žena se slzami odstraní z místnosti a odejde. Snila o tom, že bude kamarádkou majora stejně jako mnozí z vesnice. Její syn by měl mnohem více šancí na růst, kdyby byl kmotrem majora. Bude mít přístup ke vzdělání, zdravotní péči a důstojnému zaměstnání, protože všechno v té vesnici záviselo na vlivu majora. Všichni, bez výjimky, chtěli mít nějaké privilegované vztahy s ním. Ti, kteří nemohli, byli zařazeni do světa bídy a utrpení.

Po vyhnání farmáře se major připravuje na policejní stanici. Jeho manželka Helena si narovná šaty.

"Viděl jsi to, ženo? Jaká drzost! Major mé hodnoty nemůže být přítelem jednoduché Silvy.

„Tito lidé zde umírají, aby se stali vašimi přáteli. Zlatokopky!

„Kdyby to byli alespoň obchodníci, vzal bych to. Viděli jste někdy něco podobného? Major, přátelé s farmáři.

"Jsem rád, že jsi ji umístil na její místo. Nemyslím si, že by se sem další farmáři odvážili přijít.

Major se loučí se svou ženou polibkem. Začne chodit, otevře dveře a odejde. Soustředí se na to, co se chystá udělat. Od chvíle, kdy byla oficiálně složena z přísahy jako hlavního politického orgánu v regionu, ještě nepřijal žádná aktivní rozhodnutí. Postava „milého" majora ho už otravovala. Musel zintenzivnit, aby ho ostatní orgány respektovaly. Major a plukovník měli klíčové role při upevňování neférové struktury zvané „skupina plukovníků", která v té době vládla. Z této nespravedlivé struktury si libovali v moci a parádě. Major stále kráčí a brzy se již blíží ke stanici. Je plně přesvědčen o tom, co se chystá udělat. Ve svém tragickém dětství v Maceió se naučil, jak se rozhodovat co nejrychleji, a poznal, že nyní je ten nejlepší čas. Zvyšuje tempo, aby se vyhnul lítosti a vině. Dorazí na policejní stanici, otevře přední dveře a oznámí:

"Delegáte Pompeu, musíme projednat důležitou věc.

Major doručí delegátovi ve své komnatě seznam.

„Co je tohle?

"Toto je kompletní seznam všech delikventních daňových poplatníků. Už nebudu tolerovat další zpoždění a požaduji, abyste to vy, pane, jako delegát, vyřešili.

"Dali jste jim prodloužení platby?

"Ano, udělal jsem všechno, co bylo v mých silách. Výběrčí daní, Claudio, mi řekl, že se chlubí výmluvami, aby nezaplatili.

"Nevidím, co mohu dělat. Zákon mi neumožňuje podniknout žádné kroky.

"Musím vám připomenout, pane Pompeu, že váš drahý post delegáta bude ohrožen, pokud nepodniknete žádné další kroky. Zákon, který znám, slouží nejsilněji a jako hlavní vám říkám, abyste okamžitě uvěznili všechny tyto darebáky a neuvolňovali je, dokud nezaplatí své dluhy.

Delegát Pompeu zavrtěl hlavou a zavolal své dva důstojníky, aby začali zatýkat oběti. Major je spokojen, protože jeho požadavky jsou splněny. Byl by to první z mnoha svévolných činů, které by přijal jako největší politickou autoritu v regionu.

Hmotnost

Bylo krásné nedělní ráno. Zvony kaple zazvonily ohlašováním nedělní mše. V sakristii se otec Chiavaretto připravuje na další oslavu. Chiavaretto byl oficiálním knězem Mimoso. Původem z Benátek v Itálii, syna rodiny ze střední třídy, byl vysvěcen v roce 1890. Jeho kněžská činnost začala v rodné zemi ve stejném roce jeho vysvěcení a trvala až do roku 1908. V letošním roce byl z rozhodnutí biskupa z Benátek byl oficiálně přeložen do Brazílie. Jeho úkolem bylo šířit evangelium a katechizovat ty, kteří stále trvali na pohanství. Za dva roky tvrdé práce dosáhl v malé vesnici pokroku. Jedním z cílů, kterého bylo třeba dosáhnout, bylo získat větší počet hromadně. Na začátku, když dorazil do vesnice, byla přítomnost masové populace větší. V průběhu doby lidé ztratili nadšení jednoduše proto, že mše prováděná Chiavaretto byla zcela v latině. V té době to bylo oficiální rozhodnutí církve.

Před zahájením slavnosti se kněz krátce zamyslí. Čas v Benátkách mu přišel na mysl a vzpomněl si na osudy každého ze svých bratrů a sester. Jeden z nich se rozhodl být vojákem v armádě a odešel, aby vytvořil integrovanou frontu míru v jiné zemi. Vždy měl sklon chránit ostatní děti. Jedna sestra odešla, aby se stala jeptiškou, a druhá se vdala a měla čtyři děti. Oba se ve svém životě vydali opačnými cestami, ale ani na druhého nezapomněli, ani nepřestali být přáteli. Oba žili v italských Benátkách. Stal se knězem, ale ne volbou, ale znamením osudu. Byl povolán Ježíšem. Události, díky nimž se rozhodl stát se knězem, byly následující: Když byl dítě, potichu si hrál s jedním ze svých přátel na mostě, který sedí přesně přes řeku. Hra, kterou hráli, byla tag. Nadšený z hry prolezl zábradlím mostu, aby se dostal pryč od svého soupeře. Nohy se mu třásly, zatočila se mu hlava a falešným krokem spadl přesně do řeky. Proud byl silný, protože řeka byla zcela zaplavena. Chiavaretto se pokusil plavat, ale ve vodě neměl žádné zkušenosti. Postupně se potápěl a jeho přítel jen sledoval, protože ani on neuměl plavat. V tu chvíli nebyli kolem žádní dospělí. Chiavaretto postupně ztrácel sílu a také vědomí. Když cítil, že se blíží jeho konec, zavolal svaté jméno Ježíše. Rychle ucítil mocnou ruku, která ho držela, a hlas, který říkal:

"Pedro, neboj se!

Tak se jmenoval: Pedro Chiavaretto. Mocná ruka ho zvedla a vyšla z vody. Když byl zachráněn, na břehu řeky záhadný muž zmizel. Od toho dne se Pedro Chiavaretto věnoval pouze náboženství a stal se knězem. Tato zkušenost byla jeho tajemstvím, nikomu to neřekl.

Krátký okamžik reflexe pomine a kněz zamíří k oltáři. Podívá se na sbor a ověří, že se jedná o stejnou přesnou sestavu lidí jako vždy: Bohatí a mocní, kteří sedí v nejlepších lavicích a ti méně šťastní v ostatních. Tento typ rozdělení ho zneklidňoval, protože to byl pravý opak toho, co se naučil v semináři. Lidé jsou si před Bohem rovni a mají stejnou důležitost. To, co odlišuje lidské bytosti a činí je zvláštními, jsou jejich talent, charisma a další vlastnosti. I tak nemohl nic dělat. Vyhlášením republiky a ústavou z roku 1891 došlo k oficiálnímu oddělení církve od státu. Brazílie se od té chvíle stala zemí, která je voličem bez oficiálního náboženství. Církev také ztratila velkou část své moci a privilegií. S tím byla skupina plukovníků (vládnoucích na severovýchodě) nejvyšší ve svých rozhodnutích, rozhodnutích, proti nimž církev nemohla jít.

Kněz zahajuje oslavu a jediní, kdo opravdu věnuje pozornost jeho slovům, jsou oddaná Christine a Helena, protože obě vědí latinu. Ostatní šli do kostela, jen aby se podívali na oblečení a styly ostatních a kecali. Neměli tušení o skutečném smyslu hmoty. Kněz hovoří o odpuštění a o tom, že musíme dávat pozor na znamení vycházející z našich srdcí. Říká, že je to nejlepší kompas pro ztracené cestovatele. Mše pokračuje a dosahuje okamžiku přijímání. Když kněz promění chléb a víno na tělo a krev Ježíše Krista, zdá se, že Christine vidí Claudia na tom oltáři vedle Otce. Zavrtí hlavou a vize zmizí. Bylo to podruhé, co se jí něco takového stalo. Poprvé se to stalo, že pletla na verandě svého domova. Co se s ní dělo? Její myšlenky by ani nerespektovaly masu. Christine se rozhodla, že nepřijme přijímání, protože nebyla připravená a necítila se úplně čistá, aby se toho účastnila. Helen ano. Oslava pokračuje a Christine se snaží soustředit na kázání kněze. Věnuje pozornost každému jemu vyslovenému slovu. V tu chvíli konečně dokáže trochu zapomenout na Claudia a zapomenout na nádherný piknik. Na hoře se mu málem oddala. Strach ze soudu a jejího otce ji držel zpátky. Kněz dává konečné požehnání a Christine se cítí zmírněna. Už by se nemusela starat o to, aby zadržovala své myšlenky.

Christine spolu se svými rodiči opouští závislost malé kapličky sv. Šebestiána. Major se s nimi loučí a jde se starat o podnikání v budově Asociace rezidentů. Dva návrat domů. Na cestě začala Christine přemýšlet o kázání, které před chvílí zaslechl kněz. Dostalo se jí po opuštění kláštera odpuštění od matky? Bylo jí odpuštěno? Odpověď na obě otázky zní ne. Její matka, zklamaná po svém odchodu z kláštera, už nikdy nebyla stejnou matkou, kterou se naučila milovat a respektovat. Už nemilovala ani jí neukazovala žádný druh starostlivých emocí jako předtím. Její matka už nebyla jejím přítelem, pouze společníkem. Znovu a znovu mluvila o klášteře a komentovala, jak by byla, tak šťastná, kdyby měla dceru jeptišku. Stále živila vlastní naděje, že se tam Christine vrátí. Pokud jde o její vlastní osud, Christine stále měla pochybnosti. Byla si jistá pocity, které měl ke Claudiu, ale bála se úplně se vzdát této vášni, a nakonec se zranit.

Christine se v klášteře dozvěděla, že muži mají mnoho stran a nelze jim důvěřovat. Pokud jde o skutečnost, že následovala své srdce, odmítla jej poslouchat v nejdůležitějších okamžicích svého života. Neposlouchala, když řekla, že se nemá zapojit do syna zahradníka v klášteře. Jakmile byl vyloučen, opustil ji bez vysvětlení. Také ji neposlouchala, když ji požádala, aby se vzdala Claudiu na hoře. Místo toho raději poslouchala společenské konvence a strach. V obou případech odmítla poslouchat své srdce, bylo jí bráněno. Christine uzavře smlouvu sama se sebou a přijme ji při příští příležitosti vyslechnout. Mše otce Chiavaretto se ukázala jako užitečná.

Vodopád zvaný Sucavão

Bylo klidné úterní ráno. Den předtím zaplavily řeky a potoky přívalové deště. Místo bylo rušné s mnoha koupajícími se z celého regionu, kteří se bavili na řece Mimoso. Mezitím byla skupina mladých přátel v čele s Claudiem na cestě do Christine rezidence. Požádali by ji, aby šla na další speciální výlet. Dorazí k rezidenci a tleskají rukama, aby byli vyslyšeni. Gerusa, služebná domu, odpovídá na dveře.

"Co chceš?

"Jsme tu, abychom si promluvili s Christine. Je doma?

"Je. Počkej chvíli. Zavolám jí.

O několik okamžiků později se objeví Christine s úsměvem a připravená s nimi mluvit.

"Gerusa mi řekl, že jste se mnou chtěli mluvit. Co takhle?

Claudio, vůdce skupiny, promluvil.

"Jsme zde, abychom vás pozvali na zajímavý výlet s námi. Se včerejším deštěm se řeky a potoky této oblasti vylila. Celé město si to užívá. Na farmě Frexeira Velha, nedaleko odtud, je velmi zvláštní místo, které vám chceme ukázat. Co říkáš?

"Pokud slíbíš, že nepřijde žádná překvapení, jako kdyby byl ten čas na pikniku, půjdu. (Christine)

"To nebude. Budete tím místem potěšeni. (Fabiana)

"Slibujeme, že vám ukážeme velmi zvláštní ráno. (Rafael)

Ostatní členové skupiny také povzbuzují Christine k přijetí a nakonec souhlasí. Koneckonců v té chvíli nedělala nic důležitého. Trochu jít ven by jí pomohlo lépe přemýšlet o některých nápadech. Se souhlasem Christine skupina začala kráčet k cíli, který ignorovala. Claudio jí nabídl svou paži a ona přijala podle instinktů svého srdce. Dozvěděla se to od kněze. Díky fyzickému kontaktu se Christine ponořila do paralelních vesmírů daleko za hranice představivosti obyčejného člověka. Na těchto místech nebyl nikomu kromě ní a jejího milovaného místo. Provdala se za nejméně sedm dětí, vše od Claudia. Její předpojatí a morálně labilní rodiče postrádali sílu ovlivnit ji ve své vlastní představivosti. Pokud by hora Ororubá byla skutečně posvátná, přistoupilo by na jejich žádost a uskutečnilo by tyto plány. Ačkoli to bylo téměř nemožné ze dvou důvodů. Zaprvé proto, že byla dcerou matky, která stále měla naději, že se stane jeptiškou. Zadruhé měla otce, který jí promítal budoucnost (podle jeho názoru šťastnou) tím, že se s ní oženil s někým z její vlastní sociální úrovně. Navíc byli oba velmi předsudky.

Skupina se trochu zastaví, aby se každý mohl pít vodu. Claudio ani na okamžik nepustil Christine z paže. V jeho mysli by Christine byla jen jeho, protože viděl, jak jsou vzájemně propojeny. Od chvíle, kdy ji potkal, se jeho život změnil. Začal klást menší důraz na pití a kouření. Prakticky s tím přestal. Jeho přátelé si také všimli změn. Stal se charismatičtějším a veselým mužem. Už si nestěžoval na práci ani na účty. Osvítil ho Boží láska. Pro Christine byl ochoten udělat cokoli: Tváří v tvář obávanému Majorovi a jeho manželce; čelit veřejnému mínění; v případě potřeby čelit Bohu a světu. Na rozdíl od jiných dob, kdy chodil, poznával pravou lásku.

Skupina zrychlila své tempo a asi za deset minut se dostali na farmu Frexeira Velha. Otočí se doprava a kráčí ještě několik stop, protože zkratka je zavedla na pokraj železnice. Konečně dorazí na místo určení a Christine je ohromená. Má výhled na přírodní bazén vytesaný do kamene a s výhledem na malý potok.

"Takže tohle jsi mi chtěl ukázat. Je to senzační!

"Věděli jsme, že se vám bude líbit. Je to skvělé místo k odpočinku. Říká se tomu Sucavão. (Claudio)

Všichni utíkají k tomuto malému zázraku přírody. Claudio se trochu vzdálí od Christine a začne šíleně skákat ve vodě. Zůstane ponořen několik sekund. Christine se obává a začne ho hledat v bazénu. Když to nejméně čeká, dvě silné paže ji drží za stehna a Claudio se znovu vynoří a obejme ji.

"Hledali jste mě?

Christine nic neříká a opírá své paže o Claúdio ramena. Cítí ten okamžik a přibližuje se k ní. Jeho naléhavé rty hledají její. Ti dva se najdou a způsobí bouři potlesku. Christine a Claudio se otočí k ostatním a smějí se. Jejich vztah byl potvrzen. Všichni si i nadále užívají bazén. Claudio a Christine se nepohybují ze strany toho druhého. Skupina tráví celé dopoledne v Sucavão a později se všichni vrátí do svých domovů.

Trh

Vychází velmi slunečné středeční ráno a Christine se právě probudila. Vstává z postele a vykoupe se. Vejde do koupelny, zapne kohoutek a studená voda zaplaví celé její tělo. V tu chvíli její mysl cestuje a přistává přesně v událostech z předchozího dne. Myslí na objetí Claudia a polibek. Počáteční fyzický kontakt ji ještě více ujistil, co k němu cítí. Bylo to něco opravdu trvalého. Vypne vodu, namydlí se a strach se začne zmocňovat jejích intimních myšlenek. Co by se z nich stalo, kdyby se to dozvěděli její rodiče? Byla by láska silnější než předsudky a společenské konvence? Opravdu hora odpověděla na její žádost? Odpověď na tyto otázky neznala. Jediné, co mohli udělat, bylo to, že si ten okamžik užili a doufali, že to bude trvat věčně.

Znovu zapne vodu a předchozí strach zmizí. Byla ochotná za tuto lásku bojovat, i když ji to stálo draho. Díky vodě z vodovodu si to pamatuje, jak to místo bylo kouzelné. Myslí si, že každý by měl být jako tekoucí řeka, která se zcela odevzdává svému osudu. Tak by se chovala ve vztahu ke své lásce, Claudiu. Studená voda ji začne obtěžovat a ona se rozhodne ji vypnout. Vezme si dva ručníky a začne vysychat. Po úplném vysušení se obléká a jde do kuchyně snídat. Po příjezdu zjistí, že Gerusa slouží svým rodičům.

"Už? Vypadáš skvěle. Co se stalo?

"Nic, matko. Jen jsem měl dobrou noc.

"Moje dcera je hodná holka, ženo. Neudělala by nic proti našim zásadám. (Hlavní, důležitý)

Ledový chlad prošel Christine tělem a v tu chvíli se zdálo, že její rodiče uhodli její myšlenky. Rozhodne se mlčet, aby nevzbudila podezření.

„Co říkáš, že dnes jdeme na veletrh? Potřebuji ovoce, zeleninu a fazole. (Helena)

„Rád půjdu s tebou, mami. (Christine)

"No, nemůžu. Postarám se o obchod. (Hlavní, důležitý)

Ti dva dojedou snídani a jdou na trh. Trh Mimoso se stal velkou událostí, která lákala návštěvníky z celého regionu. V ten den bylo intenzivně rušno a obchod vzkvétal. Christine a Helena se blíží ke stánku s Olivií a v tu chvíli se zdálo, že se nebesa zkřížila ve výměně pohledů mezi Christine a Claudiem.

„Jste tady? To jsem nečekal. (Christine)

"Moje matka mě nechala na starosti její stan. Co by dítě neudělalo pro svou matku? Jak se máš, slečno?

"Velmi dobře.

"Nevěděl jsem, že jste vy dva tak dobří přátelé.

Christine trochu maskuje své city ke Claudiu a odpovídá:

"Je součástí skupiny přátel, se kterými chodím, a kromě toho je to můj spolupracovník, zapomněli jste?

"O, ano. Výběrčí daní.

Claudio mrkne na Christine jako znamení spoluviny. Ti dva to museli předstírat až do správného času. Claudio se ptá:

"Co budeš mít?

„Chci dva tucty banánů, tři papáji a šest mang. (Helena)

Christine věnuje pozornost každému mužskému detailu své lásky a je ohromena. Nepochybovala: Byl to muž, kterého chtěla, bez ohledu na to, kolik překážek musela překonat. V klášteře se dozvěděla, že vítěz je ten, kdo má odvahu se odvážit. Claudio jim dává plody a Christine a Helena jdou na jinou stanici. Trh bude otevřen do 14:00.

Případ krávy

Major Quintino, jako jeden z průkopníků regionu, se stal bohatým vlastníkem plantáží a následně jedním z největších chovatelů dobytka v regionu. Jednoho dne jeho zaměstnanci přecházeli dobytek přes železnici, aby měli přístup do jiné části země. Shodou okolností se ten samý okamžik na obzoru objevil vlak s velkou rychlostí. Zaměstnanci přejeli přechod a vlakvedoucí se pokusil zastavit, ale bez úspěchu. Jednu z krav vlak zasáhl a při nárazu zahynula. Řidič pokračoval ve své cestě a zaměstnanci byli zděšeni. Dali se dohromady a rozhodli se to povědět všem majorovi.

Když major slyšel příběh, nařídil svým zaměstnancům, aby položili obří skálu na koleje železnice. Ve stejné době major zůstal posazený a čekal na vlak. Objevilo se to na obzoru včas a když si technik všiml skály, zastavil se a pokusil se srážce vyhnout. Naštěstí byl úspěšný a nikdo nebyl zraněn. Řidič naštvaný, vystoupil z vlaku a zeptal se:

„Kdo položil ten kámen doprostřed železnice?

V tu chvíli se k němu major přiblíží a zeptá se:

"Jak se jmenujete, pane?

"Jmenuji se Roberto. Řekni mi, kdo mi postavil tento kámen do cesty?

„Byli to sem moji muži. Vidím, že se vám dnes podařilo zastavit vlak. Avšak právě včera, pane, jste nebyli úspěšní a zasáhli jste jednu z mých krav.

„Nebyla to moje chyba. Vlak přijel plnou rychlostí a když jsem si uvědomil, že tam kráva stále je, bylo příliš pozdě.

"Vaše omluvy mi nejsou k ničemu. Nedělejte si starosti: Neodsoudím vás úřadům ani nebudu požadovat, abyste za tu krávu zaplatili. Avšak od zítřka, pokaždé, když projedete touto vesnicí, budete povinni zastavit se před mým domem a zeptat se, zda bude někdo z mé rodiny cestovat. Pokud ano, počkáte, dokud se připravíme. Pokud ne, můžete svou cestu sledovat. Rozumíme si?

"No, myslím, že nemám na výběr. Pokuta.

Hlavní nařídí svým zaměstnancům, aby vytáhli kámen, aby vlak mohl pokračovat v cestě.

Lis

Major Quintino byl v celém regionu známý svými metodami mučení. Nejznámějším z nich byl bezpochyby obávaný tisk. Byl to železný nástroj s pěti kroužky, jedním pro umístění na krk, dvěma pro každou ruku a dvěma pro každou nohu. Nepřátelé majora byli v tisku bičováni, často na smrt.

Major jednou ukradl tři koně a zloděje viděl jeden z jeho zaměstnanců. Zloděj na nějaký čas zmizel a majorovi se ho nepodařilo najít. Když byl případ uzavřen, zloděj se rozhodl vrátit a byl viděn procházet se po Mimoso. Major okamžitě věděl, že je to on, a poslal své zaměstnance, aby ho zadrželi. Zloděj byl chycen a umístěn do tisku. Zloděj, který byl mučen a ponížen, se k činu přiznal a řekl, že prodal koně, aby se mohl převléct. Rozhněvaný major mu to neodpustil a nařídil svým zaměstnancům, aby ho bičovali celou noc. Zloděj podlehl svým zraněním a zemřel. Zaměstnanci majora tělo popadli a pohřbili. Byl jednou z obětí tohoto archaického systému společnosti; Systém, který zabíjí ještě před soudem.

Konec